薫風ただなか

あさのあつこ

角川文庫
21671

目次

鳥羽《とば》 新吾《しんご》

組頭を務める鳥羽家の後嗣で、間もなく元服を迎える十四歳。藩学から郷校の薫風館に学び場を移し通っている。

間宮《まみや》 弘太郎《こうたろう》

薫風館に通う、新吾と同じ十四歳。家は代々、普請方を務める。大兵《だいひょう》で明るい性格。

栄太《えいた》

薫風館に通う、島崖村の名主の息子。小柄で物静かな町見家を目指す秀才。十三歳。

佐久間《さくま》 平州《へいしゅう》

薫風館の学頭。

鳥羽《とば》 兵馬之介《ひょうまのすけ》

鳥羽家当主で、新吾の父。現在は家を出て剣友の姉である巴《ともえ》とともに、別の屋で暮らしている。

鳥羽《とば》 依子《よりこ》

兵馬之介の妻で、新吾の母。美しいが矜持が高い。

瀬島《せじま》 孝之進《こうのしん》

藩学に通っている。中老で藩の権力者、瀬島主税之介《ちからのすけ》の嫡男。新吾と同じ十四歳。

山沖《やまおき》 彰唹《あきらお》

薫風館の教授。

一　夏風

薫風館《くんぷうかん》は城下の外れにあった。武家屋敷の並ぶ津田谷町《つたやちょう》から約四里弱の道程だ。しかも、小高い山の中腹に建っているから、藩校生たちは谷川に沿って延びる、曲がりの多い小道を歩かねばならない。その分、坂を登り切ったとき眼下に広がる光景を堪能《たんのう》できた。春から夏にかけては水が張られ、青々とした苗が植えられ、秋には黄金《こがね》の稲が実る水田、緑が茂り、紅葉が美しい山々とそのすそ野を緩やかに蛇行する河川、遠くに霞《かす》む山々の稜線《りょうせん》の向こうには、晴れた日であれば海が望めた。

豊かな水量を湛《たた》えた川には高瀬舟が浮かび、人や物をさかんに運んでいる。河口には通美湊《つうみみなと》が開かれ、廻船《かいせん》問屋がここを拠点として、産物を運び出し、あるいは、運び入れていた。

湊は冬でも凍ることを知らない。雪が一寸も積もれば、子どもたちが喜んで駆け回る。

藩である。

石久《いしく》藩はそんな土地だった。表高は十万石であったが、内高は十五万石を超える富裕な

水利に恵まれ、自然の恩恵を受けた美しく穏やかな風景に心がふるっと緩む。

鳥羽《とば》新吾《しんご》は長いため息を一つ、漏らした。

どんな美しく穏やかな風景も一皮剝《む》けば、そこに人の営みが現れる。ちっとも美しくなく、穏やかでもない営みだ。厄介で、面倒くさくて、ときに残酷でさえある。

国として見れば、二年続いた天候不順——春半ばの冷え込みや夏から秋にかけての長雨——による凶作の打撃から回復できないいまま、莫大《ばくだい》な国役金を課せられ、藩財政は急激に逼迫《ひっぱく》の度合いを強めている。

我が身としては……。

後ろから肩を叩《たた》かれた。

「新吾」

「どうした。ぼうっとして、何の思案だ」

「あぁ……弘太郎《こうたろう》か」

間宮《まみや》弘太郎の角ばった顔を見上げる。新吾も上背のある方だが、弘太郎はさらに頭一つ分、高い。しかも、新吾は背丈ばかりで肉付きは薄く、華奢《きゃしゃ》にも見える身体つきだが、弘太郎は肩幅も腰回りもがっしりと太く、偉軀《いく》と呼ぶのに相応《ふさわ》しい身体をしていた。

この大兵《だいひょう》が心優しく、涙もろく、巣から落ちて震える雛《ひな》を見ただけで双眸《そうぼう》を潤ませる

と知る者は少ない。新吾は、その数少ない者の内の一人だった。

「また、おふくろどのと揉《も》めたのか」

「……いや、そんなわけじゃ……」

「隠すなって。おまえが、そういう情けない顔をしているときって、たいていはおふくろどのとやり合った後じゃないかよ」

返答に詰まり、新吾は唇を結んだ。

まさにその通りだが、こう容易《たやす》く見透かされては、あまりいい心持ちはしない。

弘太郎は新吾の表情にも心持ちにも頓着《とんちゃく》せず、続ける。

「おふくろどのはまだ、おまえが薫風館に通うことが気にくわないわけだ。意外と拘《こだわ》る性質《たち》だな」

「まあな……いや、別に何があったわけじゃない」

家を出るとき、母に挨拶《あいさつ》しようとしたがそっぽを向かれた。それだけのことだ。それだけのことだが、気持ちが沈む。母はすねているだけだ。一々気にしても仕方ない。そうきっぱり割り切れない己の性質にも嫌気が差す。

弘太郎が、口元を歪《ゆが》めた。

「入学して、もうずい分と経つではないか。おふくろどのももう少し、寛容であってもよいのになあ。些《いささ》か了見が狭すぎる。おまえも何かと苦労が多いな、気の毒に」

面と向かって母親を誹《そし》られた。

他の者から言われれば腹立たしいだろう台詞《せりふ》も、弘太郎の口から出るとさほど気にならない。むしろ、心内の想いをあっさりと言葉にされた気がする。それに、母の依子《よりこ》の頑《かたく》なともいえる態度に辟易《へきえき》していたのは確かであり、新吾は苦笑するしかなかった。

「窮鳥懐に入れば猟師も殺せず。と言う。いいかげん、見逃してくれればいいのだがな」

「弘太郎、殺せずじゃなくて、殺さずだ。間違えるな」

「えっ？　そうなのか。懐に鳥が潜り込んだら、さすがに猟師も撃てないってそういう意じゃなかったっけ。どんとやっちまったら、人まで殺してしまうもんな。いや、鳥に逃げ込まれた者はえらい迷惑だなと思っていたが」

「無茶苦茶な解釈をするな。それに使い方も間違ってる。おれは、別に追い詰められて誰かの懐に逃げ込んだわけじゃない。おれの心内を強いて表せば、薪《まき》に臥《ふ》して胆《きも》を嘗《な》むというところだ」

「嘘つけ。薪の上なんかに寝たら、半刻《はんとき》で音をあげるに決まってるくせに」

「おまえにだけは言われたくない」

新吾と弘太郎は顔を見合わせ、声を揃えて笑った。

こういうところが、いいのだ。

心が晴れる。

嫌なこと、重いこと、鬱陶《うっとう》しいこと、数々あるけれど、こうして笑い合えば、その笑い声とともに屈託や悩みが剝がれ落ちていく。そんな気がするのだ。

剝《は》がれ落ちていく快感を、新吾は薫風館で手に入れた。

昨年の晩秋、それまで通っていた藩学からここ薫風館に学び場を替えた。それが依子の逆鱗《げきりん》に触れた……とまで言うと大袈裟《おおげさ》だが、母が身体を震わすほど憤ったのは事実だ。

「新吾どの、何を考えておるのです。薫風館は武士ではなく町人、農民の子弟が学ぶ場ではありませんか」

「それは、母上のお考え違いです。家中武士の子弟もかなりの数、学んでおります」

偽りではなかった。薫風館の生徒の半数は士分の者だ。

息子の反論を依子は、鼻で嗤《わら》った。

「武士とは言っても下士の家の者ばかりだと聞いております。新吾どの、あなたは鳥羽家の男子なのですよ。農民や下士の子たちと同じ場所で学ぶなど、許されるわけがありません。我が石久藩には上士の子弟のための藩学があるのです。薫風館のような郷校になぜ通わねばなりません。考え違いをしているのはあなたですよ」

「藩学と薫風館の間に確たる差はありません。それは、殿自らがお決めになったことではありませぬか。どちらにも出向しているご教授も多々、おられます。学ぶ内容も変わりはありません。藩学から薫風館に移ることも認められておりますし、そういう例もかなり、ございます」

かなりかどうかは知らない。しかし、薫風館の開かれた気風に憧《あこが》れる者は何人もいた。

「変わらないなら、今まで通り藩学でいいではありませんか。あなたまで例になること はありません。何のために、四里もの道程を郷校に通わねばならないのです。半里ばかりのところに、立派な藩学があるというのに。馬鹿馬鹿しいとは思わないのですか。え え、馬鹿馬鹿しい限りです。鳥羽家の嫡男ともあろう者が、農民たちと机を並べるなど許されるものですか」

このあたりで、依子の顔色は蒼白《あおじろ》くなり、眦《まなじり》が吊《つ》り上がる。人目を引くほど美しい容姿だけに、凄味《すごみ》さえ漂う。鬼女もかくやという面様だ。新吾も不毛な言い争いに苛立《いらだ》ってくる。

「藩学では学べぬものが薫風館にはあるのです」

「それは何です。おっしゃい」

母の命令口調に苛立ちがつのる。

このわからずやが！

胸の内で悪態をつく。舌の先から付け根までが苦く痺《しび》れるようだ。

「幾らしゃべっても、母上にはおわかりにならないでしょう」

依子の顔色がさらに白くなる。蠟燭《ろうそく》を思わせる色だ。

しまったと口をつぐんだが遅かった。唇から零《こぼ》れた言葉は、元には戻らない。

「わからないとは……どういうことです」

依子の声が妙にひしゃげて、掠《かす》れた。

「何を言っても無駄だ、何を言っても解しないと、あなたは母を軽んじているのですか。蔑《ないがし》ろにしようとしているのですか」

「申し訳ありません」

両手をつき、頭を下げる。

言い過ぎた。言ってはならないことを口にしてしまった。父の兵馬之介《ひょうまのすけ》が家を出て、落合町《おちあいちょう》の女の許《もと》に入り浸るようになってから、依子はひどく癇性《かんしょう》になり、心を乱すようになった。

「若さま、奥さまとは決して諍《いさか》いをなさいませんように。これ以上、奥さまのお心を乱すと、取り返しのつかないことになりかねません。逆らわずにおいでくださいね。若さまも大変でしょうが、全て母上さまのおためと辛抱なさってくださいまし」

お利紀《りき》から懇々と諭されていたのに、つい、舌が滑った。新吾が産まれるずっと以前から、鳥羽家に仕えている老女は、母と息子の言い争いに頭を抱えているだろう。

「お許しください。母上を軽んじる気持ちも蔑ろにする気持ちも、些かもございません。わたしはただ、薫風館で学びたいと望んだだけです。ただ、それだけで……ただ……」

もごもごとくぐもった呟《つぶや》きになってしまう。薫風館に移る決心をした経緯《いきさつ》。それを話せば、藩学での日々を語らねばならなくなる。惨めで、暗く、陰鬱な日々を。

それだけは嫌だった。口が裂けても言いたくない。母親に告げられる話でもなかった。

そこを汲《く》んで欲しい。

何も問わず、何も聞こうとせず、そうかとうなずいて欲しい。

「父上はご存じなのですか」

掠れた声が尋ねてきた。

顔を上げる。表情の失《う》せた母の眼が見詰めていた。

「父上からお許しが出ぬ限り、藩学を移ることは叶《かな》わぬでしょう。父上にはお許しをいただいているのですか」

「……はい」

低く、ほとんど息の音に近い小声で答える。

藩学にしろ郷校にしろ入学するためには、願書を見届役を通じて学校奉行に提出しなければならない。薫風館の場合、村役人の奥書が必要だった。父の手を煩わさなければどうしようもない。

落合町まで頼みに行った。

父、兵馬之介は依子のように憤ることも、問い詰めることもなく、願書の届を約束してくれた。三月に一度、勉学の進み具合を報告に来るように命じはしたが、それもどこかおざなりに感じられた。それが父親の寛大さなのか、新吾たちへの関心の薄さなのか、あるいは新吾自身の心の有りように因るのか、推し量れないまま、こぢんまりとした屋敷を後にしたのだ。

「そう、わたしの知らぬところで、全て片付けていたわけですね。わたしに内緒で……、あなたも父上と同じ、わたしを虚仮にして嗤っているのでしょう」

「母上、そのようなことは決してございません。まずは、母上のご意向を伺うべきでした。浅慮をお許しください」

もう一度、深々と頭《こうべ》を垂れる。

「勝手になさい」

依子の立ち上がる気配がした。

「わたしが何を言っても無駄なのでしょう。それなら、好きにすればよいではありませんか。母はもう知りませぬ」

語尾が震える。

依子の白い頬を涙が伝っていることは、顔を伏せたままでもわかる。母が亡き兄の名を呟いて、さらに泣くこともわかっていた。

「城之介《じょうのすけ》さえ生きていてくれたら……、こんな思いはせずともよかったでしょうに」

三つ違いの兄は、二年前の春、突然に世を去った。母の悲嘆は解せるが、今の場合兄は関わりない。何でもかんでも結び付けられたら、兄も敵《かな》わないだろう。

と思いはするが、黙っている。これ以上、徒《いたず》らに母を煽《あお》ることはない。ただ、静かに鎮静を待つのみだ。

「暫《しばら》くは、顔も見たくありません。わたしの部屋には近づかないように」

拒みの台詞が投げつけられ、衣擦《きぬず》れの音が遠ざかる。母の足音が聞こえなくなってやっと、新吾は身体を起こした。首筋が張って、疼《うず》く。指先で揉むと、余計に疼いた。

やれやれ……。

喉元《のどもと》まで込み上げてきたため息を辛うじて呑《の》み込む。苦い。この先、事あるごとに母から嫌味や嘆きをぶつけられるだろう。考えるとうんざりする。反面、安堵《あんど》の思いもわいてきた。

これで、晴れて薫風館で学ぶことができる。藩学を去ることができる。

それは胸が空《す》くような心地よさだった。身体の真ん中を風が吹き通っていく。

まさに、薫風だ。

薫風館は石久藩三代藩主、沖永伊周《おきながこれちか》が庶民教育のために創設した郷校だ。藩学が上士の子弟を主な生徒と限っているのに比べ、薫風館はずっと門戸が広い。

学ぶ志と能力があれば身分に関わりなく、入学を許された。もっとも、学問に専念できるだけの財力が必要とされるから、過半は村役人や医者、豪農、豪商といった上層庶民の出であった。三百石の鳥羽家よりよほど裕福な家の子も大勢いた。優れて聡明《そうめい》な者も、思慮深い者もいた。少数ながら貧しくとも、周りに支えられ学問に向かい合う者もいた。誰もが学ぶことに真摯《しんし》だった。

「わたしをここに通わすために、父母姉妹だけでなく村の者は大変な負担を負うことになりました。だからこそ励んで励んで、その恩に報いねばならないのです」

そう語ったのは栄太《えいた》という少年だ。領地の北外れにある島崖《とうがい》村の名主の息子であり、新吾より一つ年下の十三歳だった。

島崖はその昔、領内所払いを命じられた咎人《とがにん》たちの流刑の地でもあった。荒蕪地《こうぶち》が点在し、地味は痩《や》せ、概して豊かな農地の広がる石久の内では厄介な荷物にも譬《たと》えられる窮地だ。名主と言っても、何とか食べていける程度でしかない。

「わたしは、いずれは江戸に出て町見《ちょうけん》の技を学び、磨きたいのです」

栄太は言う。

「町見を学んでどうするのだ」

尋ねてみた。

講堂で四書の講釈を受けた後の休息の間だった。この間、生徒たちは飲室《いんしつ》で茶をすすることができる。

「島崖の地に水路を造り、水を引きたいのです」

「島崖に？　しかし、あそこは荒蕪地ではないか。水なんか引いたって無駄だろう」

弘太郎が団扇《うちわ》のような手を横に振る。本当に風が起こって、元服前の前髪が微《かす》かに揺れた。

「おい、弘太郎」

団扇の手をぴしゃりと叩く。

「島崖は、栄太の故郷だぞ。その言い方はないだろう」

「あ、そうだった。すまん、栄太。悪気はなかったのだ」

「じゃあ本気で言ったんだな。まったく、思慮分別の足らんやつだ」

「新吾、また、そんな言い方をしておれを悪者に仕立て上げようとする。まったく、油断しているとすぐに姦計《かんけい》に陥れられる。危ない、危ない」

「おまえを陥れても、何の得にもならん」

「席次が上がるだろうが」

「はぁ？　栄太ならまだしも、おまえがどうなってもおれの席次は変わらんだろう」

「そんなこと、あるものか。おれの勉学の志は高いのだ。今に首席に上り詰めるかもしれん」

「さっき、山沖《やまおき》先生の講釈のとき居眠りしてたくせに、よく言うな」

「あれは眼を閉じて……つまり、瞑想《めいそう》していたんだ。まったく、凡人には俊才の道理はわからんものか」

「よく言うぜ。気持ちよく寝息をたてていたくせに。そのうち鼾《いびき》をかき出すんじゃないかと、ずい分、気を揉んだんだぞ」

「そりゃどうも。お疲れだったたな」

栄太が噴き出す。

「あはははは、鳥羽さんと間宮さんのやり取り、ほんとおかしいです。ぴったり息が合ってる」

笑いが収まった後、栄太は前にも増して熱心に語り始めた。

「間宮さんのおっしゃるのももっともなことです。あんな荒れ地に水を引いて何になると、たいていの人は言うでしょう。でも、それは違うのです。反対なんですよ」

「反対とは？」

「荒れ地だから水を引いても無駄ではなく、水がないから荒れ地になっているんです」

弘太郎と顔を見合わせる。

「まさかと、思ってますね」

栄太がにやりと笑った。

「まさかと思っている」

弘太郎が真顔で首肯した。

「どういうことだ。詳しく教えてくれ」

新吾は身を乗り出していた。栄太の言葉が心に引っ掛かる。今まで気に留めたこともない、島崖という地が俄《にわ》かに迫ってきた。

「島崖の一部は確かに岩地で耕作には向きません。しかし、足立山《あだちやま》丸貫山のすそ野に広がる一帯の地味自体は肥えているのです」

もう一度、弘太郎と視線を合わせる。弘太郎は真顔のままだった。栄太が新吾の眼を覗《のぞ》き込んできた。

「信じられませんか」

「でも、本当なんです。一昨年《おととし》、去年と長雨が続いたでしょう」

「ああ。そのせいでたいそうな凶作となった。一時は餓死者が出るのではないかと、噂がたったな。さすがにそこまではいかなかったが」

「その通りです。でも、島崖だけは石高を上げました」

「えっ、そうなのか。そんな話、聞いたこともなかったぞ」

「ええ、増えたと言っても、もともとの石高が微々たるものだったのでさして話題にもならなかったのでしょう。でも、増えたのは事実です。長雨のおかげで、土地が潤い、一時のものでしたが窪地《くぼち》に水が溜《た》まったりもしたのです。もし、一年を通して水が流れ地を潤せば、荒蕪地は豊かな耕作地に変わると、わたしは信じています」

「そのために、町見家を目指すのか」

「はい。薫風館で学び、江戸で修業し、必ず島崖の地を稲穂の実る豊かな地に変えてみせます」

唸《うな》りそうになった。

自分より年下で小柄な栄太が、やけに堂々と大きく感じられる。これだけの夢と夢を現《うつつ》のものにしようとする意志と知力。

すごいやつだ。

「おまえ、すごいな」

「俄かにはな」

弘太郎が新吾に呼応するかのように、栄太を称《たた》えた。

栄太の頬が紅潮する。

「す、すみません。偉そうなことを一人勝手にしゃべってしまって」

「何で謝る。おまえみたいなすごいやつと共に学べるなんて、おれたちにとっては、この上ない幸運だ。な、新吾」

「まさに」

栄太はさらに紅《あか》く頬を染めた。

「そんな……。そこまで言われるとかえって恥ずかしくなります」

「何を恥ずかしがることがある。おい、栄太」

「はい」

「がんばれよ。絶対に日本一の町見家になれ」

「日本一、ですか。大きな目当てですね」

「おまえなら、やれるさ」

弘太郎が栄太の痩せた背中を叩いた。ばしっと派手な音がして、栄太が飛び上がった。

「いてっ、痛いですよ、間宮さん。もう少し加減してください」

「あぁ、悪かった、悪かった。つい力が入っちまった」

からからと弘太郎が笑う。

「楽しいな」

背中をさすりながら、栄太が呟いた。

風が谷から吹き上がってくる。

涼やかな風に、額の汗が引いて行く。

栄太はすごい。それに比べ、我が身はどうだろう。何のために何を学ぶか、心構えができているのか。

武士であるからには、武士にしかなれない。町見家になりたいと言う栄太の方が、生きる幅は広いのかもしれない。

薫風館で学ぶことで、どんな生き方を摑《つか》もうとしているのか。

己に問うてみる。返答できなかった。

まだ、これからだ。

「おい、行こうぜ」

弘太郎に促され、新吾は石造りの校門を潜《くぐ》った。

風が励ますかの如く、背中を押した。

二　青嵐

薫風館の横手は椿の林になっている。百本あまりの椿の木が南から北に向けて並んでいた。

学林と呼ばれるもので、ここで採れる椿油は同じ学校領となる学田の米ともども、学校財政を賄う大きな糧となった。

大半は小作人任せの耕作になるが、収穫時には学生たちも総出で働く。己たちの学び所を自らの労役によって支える。創設以来の薫風館の是だった。

むろん、新吾もこの力仕事に駆り出された。それまでは、椿油が乾燥させた椿の種子から採取するものだということも、放置しておいても水のように消えてなくならないことも知らなかった。稲の刈り方も、鎌の使い方も、椿の実をもぐコツも知らなかった。刈り取ったばかりの稲穂の匂いも、椿の葉のすべすべとした美しさも知らなかった。

知らなかったことを知るのは楽しい。心の内が僅《わず》かばかりでも豊かになったと感じる。それは、四書五経や詩文、さらには『史記』、『漢書』を学ぶのと同等の豊かさのように思えた。

　しかし、武家の中には子弟が汗に塗《まみ》れ、土に汚れて働く姿を快く思わぬ者もいるようで、毎年、学頭（校長）佐久間平州《さくまへいしゅう》の許《もと》へは少なからず苦情が届く。苦情を伝えたかどうかは別として、依子も憤懣《ふんまん》やる方ない思いを抱いたらしい。

「武士たる者が民、百姓に交じり、鎌を握るとは何事です。あなたたちに羞恥《しゅうち》の心はないのですか」

　依子は声を震わせて、そう言った。

「母上。お言葉を返すようではありますが、我が薫風館は学校領の収益によって成り立っております。藩学のように殿のお手元金で賄われておるわけではないのです。我ら学生が汗水流して学び舎《や》を支えるのは当たり前ではありませんか。いや、むしろ、そうすべきだと思います」

　言い返してから、胸の内で舌打ちしていた。何が因《もと》であれ、母に逆らってもろくな例《ためし》はない。よくわかっているはずなのに、ついむきになってしまった。

　案の定、依子は顔色を変え石像のように押し黙ってしまった。こうなると数日は口を利いてくれなくなる。

　しくじったと舌打ちする反面、言いたいことを言う方が余程すっきりすると居直る気持ちもわいてきた。

　町人、農民に交じって稲を刈るのも、椿の実を摘み取るのも、一日働いた後の重い疲
爽快《そうかい》なのだ。

れも、寮の厨房《ちゅうぼう》から運ばれてきた握り飯を頬張るのも、汗まみれの身体に弘太郎たちとふざけながら井戸水をかけ合うのも、全て、爽快だ。身体を動かすとはこんなにも心が晴れるものなのかと新吾は何度も息を吸い込んだ。吸い込むたびに、土や木々の匂いが身の内を巡る。それもまた爽快だった。

剣、柔、槍《そう》、馬、砲といった武学の実践でも汗は噴き出す。息が上がるほど動き回る。くたくたに疲れる。それはそれで快い。しかし、稲や椿を相手に奮闘すれば課業とはまるで異質の、心地よい疲労に満たされるのだ。藩学では味わえなかった心地よさだった。

むろん、母を相手にそこまでは口にしない。どのように言葉を尽くしても、依子は不快をさらに募らせるだけだ。下手をすると、しぶしぶながらも認められた薫風館への通いを閉ざされるやもしれない。そうなれば、また藩学に戻らねばならなくなる。

嫌だ。それだけは、絶対に嫌だ。

新吾は唇を引き結ぶ。こぶしを握る。そして、己の固く握ったこぶしに視線を落とす。

全て壊してやりたい。

このこぶしにそれだけの力があるのなら、何もかもを叩《たた》き壊してやりたい。

あのころ、ずっと思い続けてきた。

全てを壊す。全てを消してしまう。それが叶《かな》わないだろうか。叶う手立てがないだろうか。

眠れぬ夜、鬱々《うつうつ》と過ごした昼、新吾は願い続けてきたのだ。

背に見えない荷を括《くく》り付けられたような、重い足枷《あしかせ》をつけられたような日並だった。

背骨がきしみ、足が前に出ない。

藩学へと続く道すがら、新吾は何度も吐き気に襲われた。

あの苦痛極まりない日々に比べれば、薫風館で過ぎる一刻一刻は豊かで優しく、美しい。楽しくもある。

手放したくなかったし、手放すつもりもなかった。

ここで生き直すのだ。

大袈裟《おおげさ》ではなく、決意していた。


「とえーぃ」

激しい気合いの直後、竹刀が唸《うな》った。退《ひ》いて避《よ》けようとしたが一瞬、遅かった。

指先から脳天まで痺《しび》れが走る。

竹刀が滑り落ち、からからと音を立てて転がる。

見事に小手を決められた。

「まいった」

新吾は片膝《かたひざ》をつき、大きく息を吐き出した。痺れは手首のあたりで、熱を伴った重い疼《うず》きに変わっていく。

「はは、気持ちいいほどきれいに入ったな」

弘太郎が満足気に笑う。汗の浮いた鼻先がひくりと動いた。

「まったく、おまえは手加減ってものを知らないのか。力任せに打ち込みやがって」

わざと音高く舌打ちしてみる。

「へっへっへ。お気の毒さま。稽古《けいこ》といえども手抜きせず。全力でこと、これに当たる。それがおれの流儀だからな。獅子《しし》は兎一匹狩るのにも全力を尽くすって譬《たと》えがあるだろうが。だから、まっ、悪く思うなよ、新吾」

「おまえが獅子で、おれは兎か。ふざけんな」

「おっ、頭にきたか。じゃあ、どうだ。もう一番、やるか」

「嫌なこった。調子づいたおまえとなんか勝負になるか」

「いやいや、そこまではっきり褒められると照れるな。しかしな、新吾。勝負はときの運。やってみないとわからんぞ。さっ、もう一番、お手合わせ願おう。それとも、おれに臆《おく》して逃げる気か。いやまさか、そりゃあないよな」

「こらあっ、間宮」

剣術道場に張りのある一声が響いた。

「稽古相手を挑発して、どうするか。馬鹿者が」

弘太郎が首を竦《すく》める。

薫風館剣術教授方助手、野田村東鉉《のだむらとうげん》が怒り肩をさらに怒らせて近づいてきた。並べば、大兵の弘太郎より三寸ばかりも低い小柄ではあるが、向かい合うと思わず腰が引けてしまうような気配を漂わせていた。剣術の指南から離れると、陽気で饒舌で、ときに剽軽ささえ覗かせる男を一見しただけで、藩内屈指の剣士と看破できる者はそう多くない。三人いる教授方助手の筆頭を務めるだけの力量の持ち主だった。市中広中道場の師範代であったのを、学頭と剣術教授方伊納正輝の二人に強く乞われ任に就いたと、新吾は伝え聞いていた。

薫風館の敷地内には文場と武場が向き合うように建っている。文場には講堂を始めとして集書室、書庫、教官室などがあり、武場には武学の稽古場が並ぶ。東鉉を師範とする剣術の道場は西の端に位置していた。

武者窓の隙間から差し込む光はくっきりとした輪郭を持ち、舞い上がる無数の埃《ほこり》を煌《きら》めかせる。

夏へと向かう雄々しい光だった。

その光を踏みしめるように立ち、東鉉が一喝する。

「稽古は遊びじゃないぞ。むやみに相手を煽《あお》るなど言語道断。剣の道を何と心得るか」

「は、いえ。そ、そんな、煽るなどとは滅相もない。つい調子に乗ってしまって……。口が滑らせた、いや口を滑らせただけです。冗談です。いつも、新吾とは冗談を言い合っているもんで、つい……。な、新吾、そうだよな」

「どうかなあ。かかってこいと煽られた気もしたが……」

肩を竦めてみる。

「おい、新吾。薄情だぞ」

弘太郎が眉尻《まゆじり》を吊《つ》り上げた。慌てたときの癖だ。

「なるほど、己の腕に溺《おぼ》れて友をからかったわけか」

東鉉は金壺眼《かなつぼまなこ》を細めて、弘太郎を見上げた。

「ち、違います。違います。新吾から一本、取れたのが嬉《うれ》しくて、つい……。あんまり、鮮やかに決まったんで……。えっと、だから、つい、その……」

弘太郎が次第にしどろもどろになっていく。

稽古中の不真面目な言動を東鉉は何より嫌った。竹刀を握りながら弛緩《しかん》した心持ちの者は、容赦なく稽古場から叩き出される。

「言い訳をするな。見苦しい」

さらなる一喝。

弘太郎は身を縮め、辛うじて「はい」と返事をした。

こういう姿を見ると、些《いささ》か弘太郎が気の毒になる。確かに多少軽率な物言いではあったが、この率直さが弘太郎の美点の一つなのは間違いない。新吾が弘太郎といて心地よいのは、腹の探り合いなど無用のままに付き合えるからだ。嬉しければ嬉しいと喜び、辛《つら》いなら辛いと泣く。裏も表もない。それは栄太も同じで、遠慮がちではあるけれど語る言葉に一分の嘘もなかった。

「師範」

僭越《せんえつ》な振る舞いと承知しながら、新吾は一歩、前に出た。自分なりに弘太郎を庇《かば》うつもりだった。

「しかし、まあ、間宮の気持ちもわからんじゃない」

不意に、東鉉の語調が緩んだ。

「実に鮮やかに決まったからな。必殺の一撃もどきというやつだ」

弘太郎の口元も、こちらはだらしなく緩む。

「は？　いや、えへへ。いやぁ必殺の一撃なんて、褒め過ぎです……えっ、もどき？」

「そうだ、もどきだ。あの小手はおまえの力というより、鳥羽に助けられたんじゃないのか」

「新吾に？」

弘太郎の視線が戸惑うように揺れ、問うてくる。

どういうことだ？

どういうことだろう。

新吾も胸の内で首を捻《ひね》った。

「どうにも解せぬという顔つきだな、鳥羽」

東鉉の口吻《こうふん》は穏やかだったが、眼差《まなざ》しは鋭かった。底に怒りを秘めている。こんな眼を向けられる由が……解せぬ。

「なぜ退いた」

「え……」

「間宮の一撃からなぜ退いたのだと尋ねているのだ」

「それは……避けるためです」

「避けようとして、避け切れなかったわけか」

「はい。弘太郎の竹刀が思いの外速く、見切ることができませんでした。一瞬、動くのが遅かったのです」

「避けるつもりだったのだな」

「弘太郎の一撃をですか。むろんです」

声が喉《のど》の奥にからまって、妙な具合に掠《かす》れてしまう。

「嘘をつけ」

口吻は穏やかなままなのに、一言は胸に突き刺さる。

「わたしは嘘などついておりません」

胸奥に痛みを覚えながら、新吾は言い返した。口ごたえをする気は毛頭ないが、騙《かた》りのように言われては黙っていられない。

「嘘でなければごまかしだな」

「ごまかし？」

「そうだ、おまえは己を己でごまかしている」

「師範、それは……」

「前々から気になっていた。おまえ、他の箇所の攻撃には素早く応じて動けるのに、小手への一撃にはいつも一息、遅れる。いや、わざと遅らせているのだ」

とっさに何を言われているのか、それこそ解せなかった。

「おまえには、間宮の太刀筋が見えていただろう。避けようと思えば避けられたはずだ。それなのにわざと打たれ、見切れなかったなどと言う。なぜ、そんな真似をするのだ、鳥羽」

まさか。

目を瞠《みは》る。

そんな馬鹿なことが……。

東鉉が二度、ゆっくりと瞬《まばた》きをした。

「本当に気が付いていなかったのか」

新吾は俯《うつむ》き、唇を嚙《か》み締めた。

小手への一撃。間合い。避ける気合い。

ごまかしているなんて考えもしなかった。いつでも、本気で稽古に取り組んでいると思っていた。今だって、弘太郎の小手を避け切れなかったのは力の差だ。弘太郎の速さが己の動きに勝ったからだ。その他に何の由もない。そう信じていた。しかし……。

「小手のときだけ身をかわすのが、僅かに遅れる。妙な癖のあるやつだと思っていた。が、ただの癖ではなく、わざと相手に打たせるように仕向けている。すぐにそう気が付いた。おれの眼が節穴でなければだが」

俯けた顔を上げられない。背中、腋《わき》、そして手のひらに嫌な汗が滲《にじ》んできた。節穴どころか神眼のようだ。新吾自身、感付いていなかった怯《ひる》みを見抜いてしまった。怯み。そう、おれはまだ怯んだままだ。だから、心身が萎縮《いしゅく》する。動きが鈍り、半歩が遅れる。

「おまえがどうして、そんな真似をするのかおれにはわからん。問い質《ただ》す類《たぐい》のものではないだろうしな。ただ、これを越えなければ、おまえの剣はそこ止まりだ。伸び代はない。そのことだけは胆《きも》に銘じておけ」

東鉉が背を向ける。

その後ろ姿に、新吾は深く頭を下げた。


「あまり気に病むことはない」

弘太郎が言った。

薫風館から城下までの道を並んで歩いている折だった。

「気に病む？　おれは別に何も気に病んでなどいない」

知らず知らず、物言いが不機嫌になっている。もっと朗らかにいつもの調子でしゃべりたかったが上手《うま》くいかない。それが歯痒《はがゆ》くも、情けなくもあった。

おれはまだ、己を御せないほどガキだったんだ。

鼻先に突きつけられた現《うつつ》が苦い。顔が歪《ゆが》むほどだ。

「そうか……。なら、いいが。実は……栄太がずっと心配していた」

「栄太が？」

「そうだ。時折、おまえがひどく暗い眼付きになると言ってな。正直、おれにはよくわからん。しかし、言われてみると、おまえ」

弘太郎は口をつぐみ、足元の小石を蹴《け》り飛ばした。

「なんだ。言いたいことがあるなら、堂々と言え」

小さな苛立《いらだ》ちがせり上がってくる。

「いや、だから……おれは栄太のように気が回らんし、目敏《めざと》くもない。しかし、おまえが……何て言うのか……何か抱えていて、たまに、本当にたまにだが……苦しげに見えることもあって……。いや、まあ、しかし、それはおれの手前勝手な思い込みかもしれないが……」

弘太郎がもたもたとしゃべる。それを聞きながら、新吾は息苦しさに耐えていた。

そうか、弘太郎や栄太に気付かれるほど、おれは沈んでいたのか。まだ、引きずっていたのか。

「すまん」

足を止め、弘太郎が呟《つぶや》いた。

「なぜ、詫《わ》びる」

「無遠慮な真似をした」

弘太郎らしくない萎《しぼ》んだ声だった。

「栄太に釘《くぎ》を刺されてたんだ。人にはそれぞれ事情ってものがある。それを無理に聞き出そうとしたり、無遠慮に踏み込んだりしてはならないとな。それは、ただのお節介で、ときとして、罵詈《ばり》より相手を傷つけたりもするんだそうだ。おれには、そういう人の機微みたいなものはよく、わからん。わからんが、その……おまえを傷つけるのは本意ではないし、力になれるならなりたいと思う」

「うむ……」

言葉に詰まった。

込み上げてくるものがある。弘太郎にも、ここにいない栄太にも謝意を伝えたい。おざなりでも、儀礼でもない、本気の謝意だ。しかし、口をついて零《こぼ》れたのは、冷淡ともとれる一言だった。

「心配をかけて悪かったな。だが、おまえたちには関わりないことだ。それに……おれは、格別、何かを憂いているわけじゃない。そりゃあ憂いの一つや二つはあるさ。ないやつなんて、そうそういないだろう。おまえだって、それなりにあるのではないか」

「おれか」

弘太郎は心内を探るように、視線を空に漂わせた。

両端に雑木林が続く道は、伸びていく木々の匂いに満ちていた。冬の間、落葉した枝の間から存分に差し込んでいた陽光は、今は、重なり合った若葉に遮られて散乱する木漏れ日でしかない。ただ、暗いとは感じなかった。

日増しに力を蓄える光は盛りに向かう草や木や花々の香りと相まって、木漏れ日であっても地を明るく染めているようだ。地そのものが淡く射光しているようでもあった。

坂道をおりると、谷川の瀬音が遠くなる。道幅は広くなり、四半里も歩けば、人や馬が頻繁に行き交う街道に出る。道を東に辿《たど》れば石久の城下に至り、西に向かえば五里ほどで保木《やすき》宿に着く。

「おれは、どうだろうなあ」

東に歩をとりながら、弘太郎はしきりに首を傾げている。

「何だ、憂いの一つもないのか。暢気《のんき》なやつだな」

苦笑してみせる。

「いや、幾らでもある。並べれば切りがない。店が軽く一軒建つぐらいの量だぞ」

「何の話をしてんだ。まったく」

「いや、本当の話だ。とりあえずは明日の詩文の講義をどう凌《しの》ぐかだな。今度居眠りしたら、室《へや》から放り出されるかもしれん。しかしなあ五言絶句だの七言律詩だのと言われてもなあ。読むだけならまだしも、作るなんて無理だろう。厄介なこった」

「あはははは」

つい、笑ってしまった。笑って何が解決するわけでもないが、心は軽くなる。

城下に入り分かれ道に差し掛かるまで、弘太郎は話を蒸し返そうとはしなかった。ただ、別れ際に家に寄っていかないかと誘ってきた。心が揺れた。

間宮家は代々普請方を務める家柄で、正力町《しょうりきちょう》にある組屋敷に一家四人で住んでいる。父の一之介《いちのすけ》、母の留子《とめこ》、そして妹の菊沙《きくさ》は共に明朗な性質で、三十石足らずの軽輩のつつましい暮らしながら、賑《にぎ》やかで楽しい気配に包まれていた。それは、母と二人きりの新吾の日々に欠けているもので、だからなのか心惹《こころひ》かれる。

「まあ、こんなむさくるしい所にお連れして。お恥ずかしゅうございます」

新吾が初めて間宮家を訪れたとき、留子はしきりに恐縮していたが、おとないが二度、三度と重なると軽い会釈と笑顔で迎え入れるようになっていた。裏の畑で採れたという蕪《かぶ》の漬物を出してくれたりもした。そのさっぱりした味も同じ皿に盛られた白菜のしそ漬もたいそう美味なことに、新吾は驚いたものだ。蕪も白菜も一之介が苗を植え付け、育てたと聞いてさらに驚いた。美味《うま》い美味いと、山盛りの漬物を平らげる新吾を見て、菊沙が控え目な笑い声を漏らした。留子にはしたないと窘《たしな》められて神妙な顔つきになったものの、眼だけはいつまでも笑っていた。今年十一歳になった菊沙は、兄とは似ても似つかない色白、黒目勝ちの少女だが、物怖《ものお》じしない真っすぐな気性はさすが兄妹《きょうだい》だと思わせるところがあった。父と一緒に畑を耕し、裁縫や台所仕事も一人前にこなすしっかり者でもあった。

間宮家は居心地がいい。

だからといって、いや、だからこそ入り浸る気は起こらなかった。母と二人だけの暮らしは息が詰まるようであり、暗く翳《かげ》ってもいるが、反面間宮家にはない静かさを底に湛《たた》えていた。

他家や他人を羨《うらや》んでも仕方ない。父は母とは別の女の許で暮らしている。自分まで他家に惹かれれば、母の孤独はいっそう、深くなる。

「今日は遠慮する」

新吾がそう言うと、弘太郎は軽くうなずいて手を上げた。

「じゃあ、また今度だな」

「ああ、今度、な」

「菊沙が、菜飯だの豆飯だのを習い覚えたらしい。おまえに一度、馳走《ちそう》したいと言っていた」

「菜飯か。美味そうだな」

「うむ。まあまずくはない。菜物も豆も親父が作ったものだしな。しっかりした味付けで美味いんだが、評判がいいものだから、菊沙のやつ図に乗って三日に上げず膳《ぜん》に載せやがる。おれとしてはもう、菜物も豆も見るのもうんざりって代物になってるんだ」

「あはは、そりゃあちょっとした災難だな」

「大災難だ。前世でどれだけ菜っぱや豆に怨《うら》まれたんだって感じだ。昨夜《ゆうべ》はでっかい豆に追いかけられる夢を見た。あっ、これは菊沙には内緒にしといてくれよ。あいつのこと、腹を立てて生の豆を飯碗いっぱいに盛りかねない」

我慢できない。噴き出していた。

ふっくらした頬をさらに膨らませてすねる菊沙の顔が浮かんだ。怒ってもすねても膨れても、愛らしい面様だ。

ひとしきり笑い、新吾は弘太郎と左右に別れた。

別れて一人になって思い至った。

あいつ、おれを笑わせてくれたんだ。

笑え、笑え。笑えば胸が膨らむ。身が軽くなる。

弘太郎が背中を叩いて、そう言ったような気がした。

手首をそっと撫《な》でる。

まだ微《かす》かな疼きが残っていた。

真剣だったら。

ふっと思った。手首は人の急所の一つだ。ここを打ったのが竹刀ではなく真剣であったら、新吾は間違いなく絶命していただろう。剣を握っての怯《おび》えは、命に関わる。

越えろ。

今度は東鉉の声が聞こえた。現のもののようにはっきりしている。耳の奥が痛んだ。

手首の疼きより強い。

己の力で越えるしかないぞ、鳥羽。

越えるしかない。そう、越えるしかない。己を頼りに往昔にけりをつける。それしかない。越えるしか……。

「新吾さま」

呼ばれて、我に返った。中間の六助《ろくすけ》が腰を屈《かが》めている。箒《ほうき》を手にしているから、門前でも掃いていたのだろう。いつの間にか、家に着いていたのだ。六助が呼び止めてくれなかったら、家の前を行き過ぎていたかもしれない。

六助でよかった。六助なら、醜態をさらしてもそう恥じずにすむ。新吾の生まれるのとほぼ同じころから、鳥羽家の奉公人であった六助は父が家を出た後も、母に忠義な奉公を続けていた。白髪が多く老けては見られるが、引き締まった体軀《たいく》をして、声にも視線にも張りがある。

「おや、いかがされました」

六助が目敏く手首の痕《あと》を見つけた。

「ああ……。剣術の稽古で小手を決められた」

「新吾さまがですか。それは、また、薫風館にはなかなかの遣い手がおられるのですね」

「おれより上の遣い手なんて、幾らでもいるさ」

わざと撥《は》ねつけるような言い方をして、門を潜《くぐ》る。

「新吾さま」

六助が慌てて追ってきた。新吾の耳元に囁《ささや》く。

「旦那《だんな》さまがお帰りでございます」

「え？」

眉が吊り上がったのが、自分でもわかる。

「父上がお戻りだと」

「はい。先ほど。新吾さまがお帰りになりましたら、すぐ室の方にお顔を出すようにとの仰せでございます」

「そうか……」

父が家を出てから一年近くになる。帰ってきたとは、どういうことだろうか。落合町の女とは縁が切れたということか。どうしても帰らねばならない用件ができたということか。

逸《はや》る心を抑え、父の居室に向かう。

庭には、六助が丹精した牡丹《ぼたん》が蕾《つぼみ》をつけていた。さほど広くはないが、牡丹の時季は華やかに彩られる。黒い翅《はね》の蝶《ちょう》が一匹、花が開くのを待ちかねるかのように飛び回っていた。

牡丹の上に張り出した松の枝には蜘蛛《くも》の巣がかかり、赤ん坊のこぶしほどもありそうな蜘蛛が鎮座していた。蝶を狙っているのだ。

美しいものと怖ろしいもの、生と死が隣同士に並んでいる。背中のあたりがうそ寒い。

「新吾です。ただいま、戻りました」

膝を突き、障子越しに告げると、すぐに「入れ」と、紛れもなく父の声が返ってきた。

障子に手をかける。

さわりと空気が動いた。

首を回し、後ろを見やる。

黒い蝶が蜘蛛の巣にかかって、もがいていた。蜘蛛は既に糸を出して蝶の動きを封じようとしている。

食うものと食われるものと。

蝶の翅が光を弾《はじ》き、艶《なま》めかしく震える。

嫌な光景だ。

新吾はなぜか身震いをしていた。

三　疾風

背筋を伸ばし、気息を整える。丹田に力を込める。

それから、新吾は障子戸に手をやった。滑らかに横に動く。

一礼して顔を上げると、正面に父、兵馬之介が見えた。

細身ながら六尺近い長身で、髪に白い物が交じりはするが、浅黒く引き締まった面様は生気に満ちて齢を感じさせない。いや、相応の重みや渋みは滲《にじ》んでいるのだから、年算を超越していると言えるのかもしれない。

「新吾か。暫《しばら》くぶりだな。近くに寄れ」

兵馬之介が笑みながら手招きする。傍らに座っていた依子が、僅《わず》かに身を引いた。表情らしきものはほとんどなく、夫の帰宅を喜んでいるとも、憤っているとも、戸惑っているとも窺《うかが》い知れない。

父の前に端坐《たんざ》し、もう一度、頭を下げる。

「暫く見ぬうちに、また背が伸びたではないか」

「あ……は、はい」

些《いささ》か戸惑う。戸惑いを母に気取られぬように、顔を伏せた。

三月に一度は薫風館での勤学の様子を知らせに来いと命じたのは、他ならぬ父だ。それが父にとって便宜上のものであっても、命は命だ。新吾は忠実に守って、きっかり三月に一度、落合町を訪れている。この前、父の許《もと》に寄ってからまだ十日も経っていない。暫く見ぬうちに、もないものだ。

心の内で独り言《ご》ちる。

兵馬之介の一言は単なる戯言《ざれごと》かもしれないし、詳細を知らない依子への配慮であるかもしれない。大人の思惑は、どうにも摑《つか》めない。

新吾は顔を伏せたまま、息を吐いた。

落合町への訪問は正直、気が重い。針の筵《むしろ》とまでは言わないが、居心地の悪さは相当なものだ。

落合町の西の外れに、花菱小路《はなびしこうじ》という盛り場がある。そこから、隣の浮谷町《うきやちょう》にかけては、茶屋や小料理屋が軒を連ね、さらに奥には遊郭が設けられていた。狭斜の町なのだ。昼の光の下では古ぼけた家々の連なりと、日当たりの悪いやたら水溜《みずたま》りの多い路地しかない光景が、夜には一変する。

暮六つ。軒下に提げられた行灯《あんどん》や提灯《ちょうちん》に一斉に明かりが点《とも》る。その明かりは水溜りに映り、軒下と同じようにゆらゆらと揺れた。女の嬌声《きょうせい》と男の笑声が混じり、融《と》け合い、これも揺れながらあたりに広がっていく。

花菱小路一帯で初めて女を知る石久の少年たちは多い。まだ足を踏み入れたことのない新吾には、いかがわしくみだらで、そのくせ妙に眩《まぶ》しいような心持ちにさせられる一画だった。もっとも、新吾が落合町の屋敷を気詰まりに感じるのは、花菱小路とは何ら関わりない。屋敷と小路は東西に隔たっていて、屋敷界隈《かいわい》は、日が暮れれば明かりはほとんどなく、騒ぐ声もなく、ただ暗くて静かなだけだ。

新吾は、巴《ともえ》が苦手だったのだ。世間的には父の妾《めかけ》とも呼ばれる女に、どう接していいか見当がつかない。

巴は、父と一緒に暮らしている。父より二つ、三つ年上だと聞いた覚えがあるから、四十をとうに超えているはずだ。

物頭を務める木崎《きざき》家の娘で、一度嫁いだものの夫と死別し、子もなかったために実家に帰りひっそりと暮らしていた。木崎家の当主、六左衛門《ろくざえもん》と兵馬之介は剣友で、まだ前髪のころから互いの家を行き来するほどの親しい付き合いだった。兵馬之介は六左衛門の姉である巴とも当然、顔見知りだったわけだ。

そのころから、父が巴に愛慕のような情を抱いていたのか、寡婦として実家に帰ってきた女を哀れむ想いが慕情に変わったのか、新吾には見当がつかない。

父が家を出て、落合町に質素な屋を構え、巴と暮らし始めた。

そんな現《うつつ》の表をなぞるぐらいのものだ。なぞっても、何も変わらないし何も明らかにならない。ただ、知りたい思いはある。

巴との件が重臣たちの不興を買い、減禄《げんろく》こそ免れたものの噂されていた執政入りの話は立ち消えとなった。

もう決して若くない、分別も十分に備えている鳥羽兵馬之介はなぜ、栄達の道も家も捨ててまで巴を選んだのか。知ることができるなら、知りたい。父を怨《うら》んでいるわけではない。蔑《さげす》んでいるわけでは、もっとない。昔も今も、兵馬之介には威厳があり、その前に出ると、新吾は自《おの》ずと頭《こうべ》を垂れてしまう。そんな父が無分別としかいいようのない行いをした。その理由を素直に知りたいだけだ。人の心の不可思議さ、奇妙さに分け入り、正体を確かめたい。あるいは、女人に惹《ひ》きつけられる男の性《さが》とやらを、父を鏡として覗《のぞ》き見たい。そんな望みが胸の底でたまに、蠢《うごめ》いたりする。

新吾が落合町を訪れても、巴はめったに顔を出さない。父の居室に案内するのも茶を運んでくるのも、猫背の端女《はしため》だった。鳥羽家の男子である新吾に遠慮して、あるいは臆《おく》して、巴は気配を消してしまう。それでも、屋敷内に巴という女人がいると思うだけで、落ち着かない。ばったり顔を合わしたらどうしようか、当たり障りのない挨拶《あいさつ》をすべきか、素知らぬ振りをすればいいのか。迷う。

今までに二度、巴の姿を見た。

一度、厠《かわや》を借りたときに庭で花を摘んでいる後ろ姿を遠目に見た。思いの外華奢《きゃしゃ》に感じたのを覚えている。二度目は正面から、目を合わせた。言葉さえ交わした。何を思ったか父が巴を呼んだのだ。

つい、この前のことだ。薫風館での授業の様子を報告に、父を訪ねた。昼間は夏の兆しを感じさせて、汗ばむほどの陽気なのに、日が傾くと肌寒い風が城下を吹き過ぎていく。そんな天候が三日ほど続いていた。それでも、庭は青葉の匂いにむせ返り、泉水は木々を映して、水面を若葉色に染めていた。

「では、これにて」

一通りの報告を終えて暇《いとま》をしようと腰を上げかけたとき、父が手で制した。そして、自らが立ち上がり、廊下に出た。

「巴、巴、おるか」

その一言に仰天した。

「ち、父上。あの……」

あの、の後が続かない。狼狽《うろた》えている己が恥ずかしくもあり、さらに狼狽えてしまう。密《ひそ》やかな足音がして、「お呼びでございますか」と女の、女にしては低く掠《かす》れた声が聞こえた。

「新吾が来ておる。挨拶せい」

暫くの間の後、「はい」と足音より密やかな返事があった。父がもとの場所に座すると、藍砥茶色《あいとのちゃ》の小袖《こそで》に身を包んだ女が入ってきた。

「初めてお目にかかります。……巴と申します」

両手を突き、頭を下げる。

「あ、はあ……。鳥羽新吾でござる」

新吾も軽く一礼した。巴がゆっくりと顔を上げる。

細面、白い肌、やや下がり気味の目と小さな唇。

決して醜くはないが、目立つほどの佳人でもない。美しさでは、依子の方が数段優《まさ》っている。鉄漿《かね》もつけず、ただ薄《うっす》らと化粧しただけの顔は小袖の色と同様に、地味で淋《さび》しい気でさえあった。容易《たやす》く忘れ去られる、人の覚えに残ることのない顔様だ。しかし、その淋しさの奥底に何かしら初々しいもの、可憐《かれん》なものがある。年齢とともに衰えていくのでも、増していくのでもなく、変わらずずっとそこにある淋しさであり、初々しさであり、可憐さだ。

それが胸を突いた。

香が匂った。微かな甘さと青葉に似た香りが混ざり合っている。そういえば、巴は香道を嗜《たしな》むと耳にした。

「新吾さまのお話は、よく伺っております」

「え？　話？」

「はい。お小さいころのお話などを旦那《だんな》さまから」

巴は口をつぐみ、睫毛《まつげ》を伏せた。鳥羽家の嫡男の前で、兵馬之介を「旦那さま」と呼んだ軽率を恥じたのだろう。睫毛を伏せれば、淋しげな面立ちはさらに淋しげになる。

巴はもう、新吾に目を向けようとはしなかった。身体の線を強張《こわば》らせて俯《うつむ》いている。

この人も辛《つら》いのだ。

ふっと思った。

父上はなぜ、この人をおれに会わせたのだろう。

横目で父を窺う。

兵馬之介は機嫌がよさそうだった。もっとも、兵馬之介が機嫌を損ね渋面になることなどめったにない。たいていは、穏やかに笑っている。その笑顔がいかにもゆったりと大らかなものだから、裏側に別の何かが張り付いているのではと勘繰る者は、ほとんどいない。

新吾は勘繰っていた。我が父ながら、どうにも摑みどころがない。ただ、穏やかで寛容なだけのお方ではあるまい、と。

「二人とも、そう硬くならずともよいぞ」

兵馬之介はさも楽し気に笑った。そして、唐突に、

「そろそろ、元服の心づもりをせねばならん」

と、告げた。

「元服？　わたしのですか」

「他に誰がおる」

「それは……かたじけのうございます」

低頭する。父が自分の元服を心にかけていたとは、思いもしなかった。兵馬之介の苦笑する気配が伝わってきた。

「これでも父親だぞ。息子の元服をあれこれ案じるのは、当たり前だろう」

「はい。ありがたきことにございます」

元服か。

前髪を落とした己の姿を思い描いてみる。面映《おもは》ゆい。

「烏帽子《えぼし》親のことだがな、六左衛門に頼むつもりだ」

巴が弾《はじ》かれたように顔を上げる。新吾も同じ動作をしていた。よほど勢いがあったのだろう、首の付け根がぎっと不快な音をたてた。一瞬、巴の視線が絡んできた。双眸《そうぼう》が見開かれている。頰に血の色が滲み、それが巴に一刷《ひとは》けの若やぎを与えた。

「弟に……でございますか」

「そうだ。あいつの倅《せがれ》が元服するさいは、おれが烏帽子親を務めた。今度はこちらが頼んでも異存はあるまい。それに木崎家は薫風館の学頭どのの遠縁にあたる。新吾の烏帽子親にはうってつけではないか」

「それは、なりませぬ」

思いの外強い調子で、異を唱える。

「なぜだ。六左衛門とは古い付き合いだ。家格も釣り合う。申し分なかろう」

「六左衛門はわたしの弟にございます」

低く掠れ、しかし、耳触りのよい声で巴は言った。語尾が震えている。

「木崎家の者が、新吾さまの烏帽子親だなどと……。依子さまのご心中を慮《おもんぱか》りなさいませ」

諫《いさ》める言葉だった。

「それでなくとも……依子さまにはどれほどのご心痛をおかけしているか……。その上にまだこのような……」

巴が唇を噛《か》む。頰はいつの間にか、元の蒼白《そうはく》さに戻っていた。

「なりませぬ。新吾さまの烏帽子親は他のお方に、六左衛門ではないどなたかにお頼みください。お願いでございます」

巴の物言いは哀願の色を帯びる。

「そうか。巴がそこまで言うのなら、考え直さねばならんな」

あっさりと、兵馬之介は引きさがった。巴がほうっと安堵《あんど》の息を吐き出した。

なんだと、思う。

別に木崎六左衛門に烏帽子親を務めてもらいたかったわけではない。巴の言う通り、依子の胸中を気遣えば是非にと頼みたい相手ではないのだ。ただ、元服は、男子にとって大きな節目だ。もはや子どもではなく、一人前の男として家を背負っていく。それを世に示す儀式ではないか。軽々しいものでは、決してない。

烏帽子親は元服の要《かなめ》を担う。父親として、慎重に人選して欲しかった。この者でなければと父が考える人物を選んでもらいたかった。

父上は巴どのを困らせたかっただけではないのか。

子どものように、好ましい相手を困惑させて喜んでいる。そのために、突然に烏帽子親などを持ち出してきた。

わざわざ巴どのを呼んだのも、おれたちがあたふたする様を楽しんで……。

邪推だと、己を叱る。そんな思案をしてしまう自分が情けなくもあった。

「それでは、これにて。失礼つかまつります」

挨拶もそこそこに屋敷を出る。父はもう止めなかった。

「お許しくださいませ」

中の口まで新吾を見送り、別れ際に巴は床に平伏した。

「どのように蔑まれてもいたしかたないと、ようわかっております」

答えようがなかった。どんな言葉も出てこない。

「我が身のあさましさに……ただ、ただ、恥じ入るばかりでございます」

帰ろう。この人の話など耳にしてはならない。

背を向けて走り去ろうと思うのに、足が動かない。草履裏が地面に貼り付いてしまった如くだ。

「でも、今はただお許しを乞《こ》うしかできませぬ。いつか、いつかきっと、この身の罪を償います。もう少しだけ……時をくださいませ」

薄い肩が震えていた。剝《む》き出しの首筋が異様なほど白い。

新吾は無理やり視線を逸《そ》らし、足を前に出した。

青葉の匂いを孕《はら》んだ風がそよりと吹いて、新吾の背を押した。風に助けられ、屋敷の外に出る。

息がつけた。

胸を張り、風を吸い込む。

家に向けて歩く道すがら、巴の言葉を反芻《はんすう》する。

いつかきっと、この身の罪を償います。

あれは、どういう意なのだろう。

自裁して果てるということか。身を引くということか。

背中のあたりがうそ寒い。血に塗《まみ》れて横たわる巴の姿が脳裏を掠めた。武家の女の身の処し方だ。しかし……。

どこかが間違っているような気がする。巴が死んだからといって、父が戻ってくるとは思えないのだ。母が喜んで迎え入れるとも思えない。そんな柔な二人ではない。父も母も、芯《しん》に強いものを抱え持っている。折れないし、なびかないし、許さない。巴がどれほど詫《わ》びても母は許しはしないだろうし、父は母に許しなど僅かも乞うまい。

巴にはその強さがなかった。

哀れに感じる。

蔑みよりも、怒りよりも、憐憫《れんびん》の情が勝る。

ああいう人だったのか。

天を仰ぎ、もう一度、風を身の内に入れる。

木崎家の出であること、寡婦であること、婚家から帰されたこと、父より年上であること……。

新吾に巴についてのあれこれを伝えたのは、お豊《とよ》だ。老いて動きの鈍くなったお利紀に代わって、台所仕事をこなす女だった。城下紺谷町《こんやちょう》の下駄《げた》職人の女房だが、稼ぎの悪い亭主に見切りをつけて、三年前から鳥羽家に奉公している。陰日向《かげひなた》なく働き、汚れ仕事も厭《いと》わない働き者ではある。が、些か口が過ぎる嫌いがあった。

「恥知らずな、図太い女でございますよ」

吐き捨てる口調で、お豊は言った。

父が落合町で暮らすようになって間もなくのころ、藩学から帰った新吾を掴まえ、お豊は父の相手の巴についてのあらましをしゃべった。

中庭の掃除の最中で、廊下に立つ新吾を見上げ、どこで仕入れた話なのか、巴の為人《ひととなり》や生い立ち、容姿に至るまで、詳細に語ったのだ。鼻の先に汗の玉が浮かんでいた。

「後家なら後家らしくおとなしくしておればよろしいのに。よりによって、鳥羽家の旦那さまに手を出すなど。ほんとに恥というものを知らぬのでしょうねえ。何でもたいそうな醜女《しこめ》だと言うじゃありませんか」

「……お豊は、その女と会ったことがあるのか」

「まさか。あるわけございませんでしょ」

お豊が強くかぶりを振る。鼻の汗が横に流れた。

「遠くから見たこともないのか」

「ありませんよ」

「では、醜女かどうかなんてわからぬではないか。お豊は、知らぬのに口から出まかせを言っているのか」

「まっ、新吾さまったら」

さも心外だと示すように、お豊が口元を歪《ゆが》める。

「出まかせなんか言うものですか。みんな、この耳で聞いた話です」

自分の耳朶《みみたぶ》を引っ張り、鼻から息を吐いた。

「だいたいね、囲い者になろうなんて女に碌《ろく》な者はいやしませんよ。性根が悪いんですよ。そしてね、性根ってのは必ず顔に出ます。美人だとか醜女だとかってのは、お顔の作りじゃないんですよ。どんなに目鼻立ちが整っていても、肌が白くて滑々していても、性根の悪い者は醜いんです。吝嗇《けち》だったり、意地悪だったり、狡《ずる》かったり、みんな顔に出ますよ。本人は上手《うま》く隠しているつもりでも、いつかは化けの皮が剝《は》がれます。剝がれるもんなんですよ。剝がれて、それで、皮の下の醜い面をさらすんですよ」

「へえ」

思わず感嘆の声を漏らしていた。

性根は顔に表れる。化けの皮はいつか剝がれる。

ちょっとした人生訓ではないか。

「お止めなさい」

声がした。驚いたのか、お豊が箒の柄を握り締める。

「奥さま……」

庭の隅に立っていた依子がお豊を睨《にら》みつける。

「お豊、いいかげんになさい。それ以上、雑言を続けるのなら、今すぐ暇を出します」

「奥さま、雑言などではありません。わたしは思ったことを申し上げただけで」

「ならば、その口を閉じていなさい。今後一切、余計なことをしゃべるでない！」

依子の権幕に、お豊が身を竦《すく》める。

「町方の女が、わけはどうあれ武家の者を悪しざまに言うなどもってのほかです。己の身分を弁《わきま》えなさい」

そこで、依子はやや語調を緩めた。ただ、眼付きだけは尖《とが》っている。どこか冷やかでもあった。

「いいですか、お豊。おまえは思うたことを野放図に言い散らしているだけかもしれませんが、世間はそうは見ませんよ。鳥羽の家の者があちらを罵《のの》り、謗《そし》っていると噂するでしょう」

依子の身体が震えた。

「そんな取沙汰をされれば、わたしは……生きてはおられません」

今度は、お豊が震えた。新吾は改めて母を見詰める。

依子は本気だった。

夫を奪われた妻。奪った相手を声の限りに罵る女。そんな愚かしい役を押し付けられるわけにはいかない。

この身を裂いてでも拒んでみせる。

激烈なほどの矜持《きょうじ》が伝わってくる。

母が眩しかった。胸がすくような心持ちにもなる。

「……申し訳ありません」

お豊が別人のようにか細い声を出した。明らかに気圧《けお》されている。身を縮めて、下を向く。

「わたしが浅はかでございました」

依子がすっと背筋を伸ばす。あたりを睥睨《へいげい》するかのようだ。

「わかればよいのです。今後一切、誰の前でもあちらの話を口にしてはなりません。心して控えるのです。わかりましたね」

「はい」

「軽はずみな言動は許しませんよ。それも心しておきなさい」

お豊は深く辞儀をすると、逃げるように立ち去った。その足音が消えてしまうのを確かめてから依子は顔を歪めた。

「本当に、どうしようもないこと」

呟《つぶや》きながら廊下に上がる。そこで、改めて新吾に声をかけてきた。

「遅いお帰りですね、新吾どの」

「はい。友人と語らっておりまして、つい……」

「あら、ご友人とは、瀬島《せじま》さまのご子息たちのことですか」

「はあ、まあそういったところです」

「あなたは、あの方々と仲がよろしいのですね」

「さほどでもありませんが……。まあ、それなりに……」

「よろしいこと。学友というものは忘れ難いと言いますものね」

「はあ……、かもしれません……」

曖昧《あいまい》にぼかす。二の腕のあたりが疼《うず》いた。したたかに打たれ、腫《は》れ上がっている。肩口にも手首にも同じような疼きが脈打っていた。赤黒い痣《あざ》が母の目に触れないように、そっと袖口を直す。

依子の口にした瀬島さまとは、中老瀬島主税之介《ちからのすけ》のことだった。藩の執政の中枢に座る人物だ。

藩学には重臣の子弟たちが多く通う。その中にあっても瀬島家は、石久藩開闢の時代から、藩主側近として名を成した名門だった。瀬島家の現当主主税之介も、いずれは筆頭家老まで上り詰める人物だろうと言われていた。

「ご友人と語らうのは大いに結構だけれど、あまり遅くならないようになさい。それと、今のようにお豊のおしゃべりに付き合わなくていいのですよ」

付き合っていたつもりはなかった。わりに真剣に耳を傾けていた。巴という女人がどんな者なのか興をそそられたし、お豊の人生訓もおもしろかった。むろん、それらを正直に口にするほど愚かではない。「心得ました」と新吾は答えた。

「それでは、夕餉《ゆうげ》にいたしましょう。すぐに膳《ぜん》を整えます」

依子は軽く会釈して台所へと足を向けた。

瀬島の名が効いたのか、機嫌が直っている。

感情の起伏の激しい人だと、つくづく思う。火を噴き出すような自恃《じじ》と意地、凡俗の風を厭う矜持、そして、息子が重臣の子弟と親しいことを喜ぶ俗骨。相反するものが母の内には違和なく納まっているのだろうか。

廊下に佇《たたず》み、新吾はふっと空を仰いだ。

薄雲の広がった空から冷えた風が吹き下りてくる。

疼きが一段と強くなった。

あのとき、感情を露わにした母は、今、無表情のまま夫の傍らに座っている。固く結んだ口元が微《かす》かに緊張を伝えてきた。

「今日は、そなたに折り入って頼みたいことがあってな」

兵馬之介が笑みを大きくする。悪戯《いたずら》事を耳打ちする、悪童のような顔つきだ。

「頼み？　わたしにですか」

「おまえにだ。大事な用でな」

新吾は顎《あご》を引き、父親を見やった。

頼み？　何事だ？

父の頼みとやらに、一分の見当もつかなかったが、新吾は畳に手をついた。

「わたしでお役に立つことなら、なんなりと仰せつけください」

「うむ。それはそうと烏帽子親の件だがな」

「は？」

「元服のことだ。今、何人かに当たっている。暫く待て」

「はあ……」

話があちこちに飛ぶ。ついていけない。からかわれているような気さえする。

「大切なことです」

依子が兵馬之介に視線を向けたまま言った。

「新吾どのの元服は鳥羽家の威信に関わることです。烏帽子親もそれなりの方を選ばねばなりません」

「わかっておる」

「お心当たりはあるのですか」

「だから、今、当たっておるのだ」

「どのようなお方でございます」

「まだ、名を出すような段ではない」

「わたしは、新吾の母親でございますよ」

依子が胸を張った。若草色の小紋が帯の上で盛り上がる。

「あなたがあちらにお移りになってから、ずっとこの家を守っても参りました。ですから、聞かせていただきます。旦那さまは、烏帽子親をどなたにとお考えなのですか」

挑む口調だった。怨みがましくはないけれど、有無を言わせぬ強引さが漂う。

兵馬之介の眉《まゆ》が微かに寄った。

「相変わらずだな、おまえは……」

「と申されますと?」

「相変わらず、高飛車な物言いをすると言うておるのだ。周り全てを臣下の如く見下ろさねば、物が言えぬのか」

「わたしは誰かを見下した覚えはございませぬ。そのようにお感じなのは、旦那さまが疾《やま》しさを抱えておられるからでしょう」

兵馬之介の眉間《みけん》にさらに深い皺《しわ》が刻まれた。しかし、何も言い返さない。依子が勝ち誇ったように笑んだ。

「疾しさをお持ちだからこそ、わたくしの言うことを高飛車に感じられるのです。違いますか？」

「止めろ。新吾の前で、はしたない振る舞いをするな」

「ま……」

今度は依子が絶句した。頬は紅潮したが、それ以上言葉を続けようとはしなかった。父と母との諍《いさか》いを子に見せつける無分別を解したらしい。飲み込んだ台詞《せりふ》が痞《つか》えるのか、喉元《のどもと》が上下する。

やれやれと思う。

父が落合町に移る前も、いやずっと以前からこの二人は、似たような諍いを繰り返してきた。母の吊《つ》り上がった眦《まなじり》も父の眉間の皺も、馴染《なじ》みになってしまうほどだ。離れて暮らしても、変わらぬものは変わらぬのだなとも思った。

「新吾に話がある」

短く兵馬之介が告げた。依子に座を外せと言っているのだ。

「何の話でございますか」

「おまえに告げることではない。ただ」

湯呑《ゆのみ》の茶を飲み干し、兵馬之介は口元を緩めた。

「落合町とは何ら関わりない。おまえが案じる類《たぐい》のものではないのだ。安心しろ」

「まあ。わたしは何も……」

依子は唇を噛んで、横を向いた。不意に立ち上がり、部屋を出ていく。後には母の好みの香の匂いだけが残った。

「あの気の強さは幾つになっても変わらんな」

くっくっと兵馬之介が肩を揺する。

「若いころは美貌《びぼう》に似合いの気性だとおもしろくもあったが、この年になると些か手に合わぬ」

「それは、父上も同じでは」

むしろ、あなたの方がよほど手に合わぬよう見受けられます。何を考えておいでか、窺い知れませぬ。

胸の中で呟く。

依子は、夫を知ろうとして知り得ない苛立《いらだ》ちに炙《あぶ》られているのではないか。巴のように、黙ってただひたすら兵馬之介に寄り添うだけの生を生きられない。そんな自分に焦《じ》れているのではないか。

だとしたら、あの人より母上の方がずっと正直で、人臭い。

「新吾、ここに来い」

兵馬之介が手招きする。新吾は父親の傍ら、さっきまで母の座っていた場所に腰を下ろした。

「これから先の話は他言無用だぞ」

兵馬之介の口調が変わる。重く、冷たく、硬くなる。我知らず、生唾《なまつば》を呑み込んでいた。

「ことは、藩の存亡に関わる。そして」

鋭い視線が新吾に向けられた。矢を放たれたようだ。

「薫風館に関わることにもなる」

薫風館に。

新吾は目を見開き、息を詰めた。

庭から風が吹き込んでくる。庭の木で山鳩が鳴いた。

四　風巻

兵馬之介がふうっと息を吐いた。

「鳩の肉は、存外美味《うま》いそうだな」

空の湯呑《ゆのみ》を手に小さく笑う。

「甘辛い垂れにつけて炙《あぶ》ると、たいそう香ばしいとか。一度、食してみねばならんのう」

「父上」

新吾は兵馬之介の傍らまでにじりよった。

「お教えくださいませ。薫風館に関わり、かつ、藩の存亡に関わる大事とは、どのようなものでございますか」

兵馬之介はちらりと視線を動かし、また笑んだ。今度は、苦笑のようだった。

「逆だろう、新吾」

「は？」

「ことの逓次が逆だ。藩の存亡より先に薫風館を懸念するとは、家臣としてはいかがな

「ものか」

「あ……」

思わず目を伏せてしまった。確かに、まだ禄を食む身ではないとしても、家臣であることに変わりはない。何をさておいても、藩の存亡という一言に拘《こだわ》るべきだった。薫風館は、石久藩の一郷校に過ぎないのだ。

「……恥じ入りましてございます」

「別に恥じるほどのものでもあるまい。おまえは、どうも母親に似て融通が利かん性質《たち》だな。何でも真正面から受け止めようとする。真面目なのは良いが、真面目も過ぎるとただの堅物に堕《お》ちる。頭の中身を柔らかく保たねば、人の世はおもしろうないぞ」

「はあ……」

父上は些《いささ》か柔らか過ぎるのではありませぬかと、これもまた、胸の内でだけ呟《つぶや》く。人の世をおもしろく生きようなどと思ってはいない。ただ、楽に息ができればとは望んでいる。

「薫風館が性に合っておるか」

「はい」

首肯する。あの場所で学び、知り、刻まれていく一つ一つが糧になる。生きていく上での糧だ。

「あそこで、多くを学んでおるようだな」

「はい。教授方の講義もさることながら、友との語らいや学校領での労役も学びに繋《つな》がります。己がいかに物を知らなかったか思い知る日々ですが、知らなかったことを知れば喜びになり、励みになり、楽しみになります」

「楽しみに……か」

兵馬之介は真顔になり、空の湯呑を見詰める。

「父上、茶をお淹《い》れいたしましょうか」

「よかったな」

「は？」

「薫風館に移ってよかった。藩学では、ずい分と嫌な思いを味わったのであろう。今、楽しくやれているのなら何よりだ」

絶句する。

なぜ父に藩学でのあのことが伝わっているのか。

新吾は指を握り込んだ。手のひらに汗が滲《にじ》んでいる。

兵馬之介が再び苦笑を浮かべた。

「わしとて耳もあれば眼もある。その気になれば、藩学内のことなど手に取るようにわかる」

では、父上は何もかもご存じなのか。薫風館への転学許可を頼みにいったときも、学業の進捗《しんちょく》を報告に通ったときも、全てを知った上で知らぬ振りをしておられたのか。

ずくり。

とっくに癒《い》えたはずの傷が疼《うず》く。幻の疼きだ。

藩学は息苦しい場所だった。黒瓦《くろがわら》の屋根がてらてらと光を弾《はじ》く、堂々たる学舎に足を踏み入れるたびに、厚い膜に覆われて、好きに息ができない。そんな気がしていた。

上士の子弟だけが通う場は、家柄や身分が幅を利かせ、みなが同等に学ぶ気風とはほど遠い。家格の上の者が通れば、何をしていても道を空け、跪《ひざまず》かなければならなかった。

これは、おかしい。

ずっと違和を覚えていた。

大人たちの上下の関わりを学びの場にまで持ち込むことは、ない。学ぶことにおいて、人はみな同列ではないか。

思いはしたが、口にはできなかった。

新吾は寡黙になり、独りになり、書を読み、剣の稽古《けいこ》に打ち込んだ。いや、のめり込んだ。

剣は好きだった。通っていた市中の道場で筋がいいと褒められ、子ども心にも誇らしかった。大人の本気の称賛に胸が高鳴ったのだ。

道場主が急な病で亡くならねば、あのまま道場に通い、目録ぐらいは授かったかもしれない。今ではほとんど褪《あ》せてしまった想いだが、藩学にいたころは脳裏にこびりついて離れなかった。豪快でありながらいかにも人の好《よ》さそうな道場主の笑顔がよみがえり、胸が詰まるような気分を何度も味わった。

道場を失ったことで、新吾は藩学での剣術稽古にいっそう励むようになっていた。父のことも、母のことも、気詰まりな日々も、竹刀を振るっていれば忘れられた。忘れるために、竹刀を振るった。

あの日、妙に蒸し暑い、立っているだけで汗が噴き出すような日だった。昼前から大きな雨粒が落ちてきて、やがて、篠突《しのつ》く雨になった。それでも、蒸し暑さはそのままで、屋根や地を叩《たた》く雨音が耳障りにも感じられた。

藩学は広く、弓道場や馬場の他に水練用の池まであった。まとめて鍛錬域と呼ばれている。剣術の道場はその域のほぼ中央に位置していた。

「鳥羽、相手になれ」

瀬島孝之進《こうのしん》から声をかけられたとき、新吾は僅《わず》かに眉《まゆ》を寄せた。

「何だ、まさか、おれの相手が嫌なわけじゃないだろうな」

孝之進がにやりと笑う。

長身で細面。目鼻立ちの整った一見優しげな顔様だ。藩政に隠然たる力を持つ瀬島家の嫡男だった。中老を務め、次期筆頭家老と目されている父、主税之介同様、若くして執政の地位を約束されている。

孝之進の周りには常に幾人もの取り巻きがいた。みな、上士の子弟たちだ。

藩学の内で、孝之進と取り巻きの群れに逆らう者はいない。教授たちでさえ、それとなく遠慮している。少なくとも、面と向かって孝之進たちを叱責《しっせき》したり戒めたりする風はなかった。

「嫌ではないが……」

同年齢の孝之進にへりくだる要はない。ここは城内ではない、学びの場なのだ。

新吾は竹刀を握り締めた。

「どのような形で相手をすればいいのだ。瀬島」

今度は、孝之進が眉を顰《ひそ》めた。口元が歪《ゆが》む。

「相も変わらず、生意気なやつだ」

取り巻きの一人が吐き捨てる。

「瀬島さんを呼び捨てにするとは、身の程を知れ」

もう一人が喚《わめ》く。

うんざりだ。

「では、手合わせを願おうか」

口元を歪めたまま、孝之進が言う。

「鳥羽に瀬島さんの相手が務まるのか」

「瀬島さんはお強いぞ。鳥羽、臆《おく》するなよ」

「尻《しり》に帆をかけて逃げ出すか」

どっと笑いが起こる。

瀬島孝之進は確かに強かった。剣が速い。そのくせ粘りがあって、一撃に相当の力があった。

しかし、それは……。

相手に怯《ひる》みがあるからだと、新吾は見抜いていた。孝之進の剣に対しての怯みではなく、瀬島家嫡男への怯みだ。孝之進の気質への怯みかもしれない。

おれに逆らう者は容赦しない。

口にこそ出さないが、孝之進は全身からそういう威を放っていた。それが長《た》けて威風に変わるのか、暴虐となるのか見当はつかない。

ただ、孝之進の強さが剣の腕だけによるのではないとは、わかっている。

「いいな、鳥羽。一本勝負だ」

「よかろう」

竹刀を構え、向かい合う。

周りの者がすっと退《ひ》いて、空きができる。学生たちが取り巻いて、二人を眺める形になった。

思いっきりやってやる。

闘志が胸底から湧き出してきた。

向かい合えば、孝之進が相当の遣い手であるとわかる。それは、新吾が摑《つか》んでいた以上の腕前のようだった。

正眼に構えた竹刀の先は微動だにしない。ぴたりと新吾に対している。足腰はどっしりと重く、床を踏みしめていた。

ここまでの剣士だったのか。

胸が騒ぐ。闘志とともに喜悦に近い情が溢《あふ》れてくる。手強《てごわ》い相手と対せる喜びだ。高鳴りだ。

「おまえは実戦向きだ。相手が強ければ強いほど、己の力を引き出せる。そういう剣士になる器だぞ、新吾」

亡き剣の師の言葉を嚙《か》み締める。

孝之進のおかげで、強くなれる気がした。

新吾も正眼に構え、気息を整える。

「つえーっ」

気合いを発し、孝之進が跳んだ。一気に間合いを詰めてくる。跳びながら頭上に竹刀を掲げ、打ち下ろしてきた。

速い。しかし、粗い。

己の腕への過信か新吾の力量を見誤っているのか、孝之進の剣は雑だった。当然、そこに隙ができる。

新吾は身体を捻《ひね》り、孝之進の一撃をかわした。かわされるとは考えてもいなかったらしい。空を切った勢いで、孝之進はたたらを踏み、構えを崩した。「あっ」という声にならない叫びが漏れる。

打ち込もうと思えば、できた。しかし、新吾は動かなかった。これほどの相手と、もう少し戦ってみたい。そんな思いが過《よぎ》ったのだ。

余裕だった。相手を見極め、稽古を楽しむ余裕がこのときの新吾にはあった。

孝之進はすぐさま身体を起こし、今度は八双に構えた。頬に血が上り、白目が薄《うっす》ら赤く染まっている。唇だけが妙に白っぽい。渾身《こんしん》の一撃をかわされ、あまつさえ、不様にたたらを踏んでしまったことに恥辱を感じているのだ。

「とぉーっ」

今度は新吾から攻める。

踏み込み、身体を沈め、竹刀を斜めに打ち上げる。孝之進の竹刀がそれを撥《は》ね返す。

新吾は打ち込む。一撃、さらに、一撃。孝之進が追い込まれているのは誰の眼にも明らかだった。何度目かの攻撃で、堪《たま》りかねたように孝之進の膝《ひざ》が崩れる。

ここか！

竹刀を振ろうとした瞬間、身の内で「いいのか」という声がした。

いいのか、新吾。瀬島中老の子に勝っていいのか。

心が震えた。

竹刀を握りながら、勝負に関わりない声を聞いた。保身の声を聞いた。それこそ恥辱だ。新吾の惑いを見抜き、孝之進が構えを直す。ほとんど殺気に近い光が眼の中で凝縮した。

間合いを取らねば。

一歩退いた踵《かかと》がひっかかった。

数日前、稽古中に学生が踏み抜いた床だ。大工が間に合わず、板を打ち付けて仮の修繕でごまかしていた。いつもならさほどのことはなかっただろう。しかし、勢いを込めて退いた拍子に足を掬《すく》われた格好になり、新吾はよろめいた。竹刀の先が無防備に下がる。

「小手ーぃ」

孝之進が飛び出してくる。中段から狙う小手は、孝之進の得意技の一つだった。

とっさだった。とっさに身体が動いた。

よける間はない。ならば、前に出る。

新吾は向かってくる相手の胸元に、竹刀を突き出した。

「ぐえっ」

人の肉の手応《てごた》えを感じ、くぐもった呻《うめ》きを聞いた。

孝之進が転がる。肩口を押さえ、顔を歪める。額に汗が滲んでいた。

一瞬、稽古場が静まり返る。

「うぐぐっ」

孝之進の呻《うめ》きだけが静寂を乱していた。

「せ、瀬島さん」

「大丈夫ですか」

取り巻きたちが走り寄り、呻く男を助け起こした。

「卑怯者《ひきょうもの》」

その中の一人が、新吾を睨《にら》みつける。阿部《あべ》という代々奏者番を務める家の長子だった。

「おれが卑怯者だと？」

「そうだ。よろけた振りをして瀬島さんを誘い、突きを見舞うとは卑怯極まりない。それでも、おぬしは武士か」

「そうだ、卑怯だぞ、鳥羽」

「馬鹿な。おれは卑怯な手など使ってはおらん。むしろ」

よろめいたおれに打ち込んできたのは瀬島ではないか。そう言いかけた口をつぐむ。勝者が敗れた相手を悪しく責めるのは、武道の心得に反する。

黙るしかなかった。

「むしろなんだ」

阿部が詰め寄ってくる。新吾の胸倉をつかみ、揺する。

「言いたいことがあるなら言ってみろ。おまえは武士にあるまじき卑怯なやり方で、瀬島さんを罠《わな》にはめたんだ」

無茶苦茶だ。

新吾は満身の力で阿部の手を払った。阿部はあっけなく、尻餅《しりもち》をついた。「きさまぁ、覚えてろよ」。しゃがみ込んだまま、睨んでくる。嫌な眼付きだった。

「おい、鳥羽」

仲間に抱えられて稽古場を出ていく孝之進を見るともなく見送っていたとき、背後から声をかけられた。

飯島日之助《いいじまひのすけ》だった。同時期に入学したこともあって、わりに付き合いのある学生だ。

「おまえ、あんなことして大丈夫か」

飯島が孝之進の消えた戸口に向かって顎《あご》をしゃくる。

「瀬島さんに目を付けられたら、いろいろ厄介だぞ」

「おれは、剣の稽古相手になっただけだ。しかも、申し込んできたのはあっちだぞ」

「理屈はそうだが……」

面皰《にきび》の散った顔を顰《しか》め、飯島は視線をうろつかせた。

「おまえは、前々から目をつけられていたんだ。瀬島さんは、今日、おまえを叩き潰《つぶ》すつもりだったんだよ。でも、それが逆にやられちまった。このままですめばいいが……」

飯島の語尾が心細げに震える。

新吾は奥歯を噛み締め、立っていた。

鳥羽新吾は卑怯者だ。

そんな噂が藩学内に広まるまでに、さほどの時はいらなかった。卑劣な手を使ってまで、勝とうとした。卑怯極まりない輩《やから》だ、と。

馬鹿な、と新吾は何度も言い返そうとした。

板に踵をぶつけ姿勢を崩したのは、剣士としては至らない証《あかし》だろう。未熟者の謗《そし》りなら甘んじて受ける。しかし、卑怯者ではない。断じて、ない。卑怯な真似など一手たりとも使っていない。それはあの稽古を見ていたものなら、誰でもわかるはずだ。

どこに卑怯があった。どこに武士道に背く卑劣があった。ありはしない。正々堂々とした剣士の勝負があったのみだ。

みんな見ていた。わかっているはずだ。

しかし、噂は一向に収まる様子もなく、いつの間にか、新吾の周りから人が遠ざかり、視線だけが突き刺さってくるようになっていた。

しょっちゅう草履の鼻緒が切られ、持ち物がなくなった。水練の最中に何者かに着物を隠されたこともある。学舎の裏手の溝で、泥にまみれて見つかったが。

そして、剣術の稽古の折、新吾は孝之進の取り巻きに囲まれ、散々に打ち据えられるのが常になった。取り巻きの中には、新吾より年上の者もいる。逆らうわけにはいかなかった。

「痛みを身体で知るのも修行だ」と、正座した背中を竹刀が襲う。叩き刑に等しい。誰も止めなかった。学生たちはむろん、教授たちも見て見ぬ振りをする。それが、さらに取り巻きたちを増長させた。瀬島孝之進が直《じか》に手を下すことはない。やや離れた場所から、黙って見ているだけだ。その顔には、ほとんど表情がない。能面のような顔つきで、新吾がいたぶられるのを眺めている。

「いいかげんにしろ」

堪忍ができず、ある日、ついに抗《あらが》った。

年上である男の竹刀を奪い、横っ面を叩《はた》いたのだ。

「どこまで性根が腐っているんだ。おまえらは」

竹刀を摑み、壁際に座る孝之進を見やる。

「瀬島、剣士として恥ずかしくないのか」

怒りより問い質《ただ》したい気持ちが勝っていた。

あの手合わせは、互角の者同士の緊迫と手応えに満たされていたではないか。そういう一時を貴重とは感じなかったのか。火花が散るような打ち合いをまたと、望みはしないのか。

どうなんだ、瀬島。

孝之進が顔を背けた。

「瀬島も、もう一度」

背後で、真横で、正面から竹刀が唸《うな》ってきた。首を、肩を、胴をしたたかに打たれる。視界が暗く沈んでいく。

「瀬島さんの小手をよけたりするから、こういう目に遭うんだ」

せせら笑う声が遥《はる》か遠くで鳴っていた。

そのまま、何もわからなくなる。

気が付けば、井戸端にしゃがみ込んでいた。自力で、何とか歩いてきたらしい。まるで覚えがなかった。

井戸は学舎の裏手にある。数間先に、第一学舎と第二学舎をつなぐ渡り廊下があり、学生も教授たちも頻繁に渡る。新吾の姿が見えぬはずはないのに、様子を尋ねる者も手を差し出す者もいなかった。

もう、ここまでだな。

井戸水に傷を浸しながら、独り言《ご》ちた。

藩学を去る決心がついた瞬間だった。

孝之進との確執も、取り巻きたちの狼藉《ろうぜき》も訴える気にはなれない。誰に訴えてもどうにもならない。そんな諦《あきら》めと、いたぶられた屈辱が新吾の口を閉ざさせた。

思い出したくない。忘れられるものなら、忘れてしまいたい。

薫風館での日々がその望みを徐々にだが叶《かな》えてくれた。このごろ、以前ほど頻繁に夢を見なくなっていた。闇に取り囲まれ、四方から打ち据えられる夢だ。弘太郎や栄太と知り合い、心底から笑うこともできるようになった。

こいつらなら、裏切らない。

と、信じられるのだ。弘太郎なら、栄太なら、新吾がもがいていれば飛んできてくれる。見殺しには絶対にしない。新吾もそうだ。弘太郎に、栄太に何かあれば駆け付ける。駆け付けて、力の限り戦う。そういう相手に出会え、耕作の苦労を知り、学問を深めていける。夢のようだと新吾は息を吐く。存分に息を吸って、吐く。

ただ、東鉉に示唆されたように、小手に対しての恐れが身の内にあるのなら、克服すべき山はまだ残っているわけだ。しかし、いつか必ず乗り越えられるはずだった。

後少し、今少しだ。

「藩学でのことは、忘れました」

父に向かって、言い切る。憐《あわ》れみなど受けたくない。まっぴらごめんだ。痛みも傷も、乗り越えねばならない山も新吾だけのものだった。今更、父に縋《すが》る気はない。

「そうか、ならいい」

兵馬之介はあっさりとうなずいた。この拘りのなさ、執着の薄さが鳥羽兵馬之介の本性だと、新吾は思う。その父が唯一拘《こだわ》ったのが巴だとしたら、あの儚《はかな》げな女人のどこにそこまでの力があったのだろうか。

わからない。

新吾にとって巴は気に掛かりながらも、ごく平凡な大人の女に過ぎなかった。

「藩学云々《うんぬん》より父上、薫風館についてお聞かせください」

さらににじり寄る。

風と共に濃い緑の匂いが座敷に入り込んでくる。風が湿っている証だ。雨が近いのだろうか。

兵馬之介が不意に立ち上がった。廊下の左右に視線を走らせ、障子戸を閉める。芝居がかった所作だ。しかし、兵馬之介は真顔のまま、眉一つ動かさない。

「新吾」

「はい」

「薫風館を探ってもらいたい」

「はい？」

「薫風館の内を探ってもらいたいのだ」

返す言葉が見つからなかった。目を見開き父を凝視する。家にいたときより、やや肥えて若返った父がふっと息を吐いた。

「わしの言うたことが飲み込めない。そんな風だな。新吾」

「飲み込めませぬ」

新吾は父を見詰めたまま答えた。

「内を探れとは、どういう意でございますか」

「そのままだ。おまえに間者を頼みたい。薫風館の中で何が行われているか。特に、教授陣の動きを逐一、報《しら》せてもらいたいのだ」

「なぜに」

問い掛けが喉《のど》にひっかかる。舌先がひりひりと疼いた。それを無理やりに動かす。

「なぜに、わたしが……いえ、誰であっても薫風館を探らねばならないのです。いったい、薫風館に何があるというのです」

「陰謀だ」

「陰謀？」

父の言葉を繰り返す。繰り返しても、繰り返しても、解せるものは一つもなかった。

陰謀、探る、間者……。どういうことだ？　父上はおれに何を為《な》せと命じている？

「お家を害する陰謀が、薫風館の内にある」

「まさか」

顎を引き、背筋を伸ばし、新吾は無理やり笑みを作った。頬が強張って、上手《うま》く笑えない。

「薫風館はただの郷校にございます。城からも藩政からも、ずい分と隔たった、何の関わりもない場所ではございませんか。そこで、お家を害する陰謀などと」

「信じられぬか」

「信じられませぬ。父上、本気でそのようなことを疑っておられるのですか。それとも、わたしをからかっておられるのでしょうか」

「おまえをからかうために、わざわざ帰ってきたりはせぬ。これから詳細を話す。よく、聞け」

兵馬之介の口調が重くなる。そのまま、すっと声が潜められた。

「もう一度言うが、これはお家の存亡に関わること。誰であっても他言は無用ぞ」

「承知しております」

「よし、では、心して聞け」

声がさらに低くなる。必死に聞き耳をたてていなければ、聞き落としてしまう。父の言葉を拾おうと、新吾は身を屈《かが》めた。胸が走る。心の臓がどくどくと鼓動を打つ。

「実はな、殿を亡き者にしようとする動きが、藩内にあるのだ」

「えっ」

「しっ、声を上げるな。誰がどこで盗み聞きしているやもしれぬのだ」

兵馬之介の黒目が動く。見えない相手を警戒しているようだ。こんな落ち着きのない父を初めて見た。

「まだ公にはなっていないが、殿におかれては、先月、江戸上屋敷で突然、お倒れになった」

「殿が？　まことでございますか」

石久藩藩主、沖永山城守久勝《おきながやましろのかみひさかつ》は三十を超えたばかりのはずだ。身体頑健にして、闊達《かったつ》な気風だと伝え聞いていた。

「幸いお命はとりとめられた。駆け付けた医師の手当てが迅速かつ的確であったのだ。しかし、一月経った今も時折、悪心を訴えられると漏れ聞く」

「父上、それは……」

兵馬之介が重々しく首肯した。

「そうだ。誰かが毒を盛ったと、わしたちは考えておる」

「そんな……」

主殺しの重罪を犯す者がいるとは、信じ難い。

「殿は、次にご帰藩あそばしたさい、藩政の改革に乗り出されるおつもりであった。我が藩も家老の庭田《にわた》さまを筆頭に重臣の方々による旧《ふる》い政が幅を利かせておる。そのために、殿のお考えの新しい藩政を敷くことが、なかなかに難いのだ。しかし、殿は多少、荒療治であっても重臣たちを排し、新たな風を呼び起こすおつもりであられた。その矢先に倒れられたのだ。毒を疑うても決して突飛ではあるまい」

「で、では、殿の暗殺を企てたのは……」

「筆頭家老、庭田甚左衛門《じんざえもん》さまであろうな。庭田さまはお抱えの商人たちと繋がり、石久藩の特産である大豆や和紙、材木の販売を独占させている。その見返りとして相当の金子を手にしているはずだ。殿がそこを正し商人たちとの癒着を暴けば、庭田さまは腹を切らねばならなくなる」

「だから、その前に殿を亡き者にしようとしたのですか」

それだけではないと、兵馬之介がかぶりを振る。

「庭田さまは殿だけでなく、御後嗣千寿丸《せんじゅまる》さまの命をも狙うておる。御年、僅か五つのお子をだ」

だんだん話がおぞましくなるようだ。

「何のために千寿丸さまを狙わねばならないのです」

「弟君、伊予丸《いよまる》さまを御後嗣にするためだ。伊予丸さまのご生母、芳子《よしこ》の方さまは、庭田さまの息女になる。とはいっても、養女だがな。庭田さまは見目の良い娘を養女として育て、殿のお側にあげたのよ。養女とはいえ、娘が男子を産み、その子が藩主となれば藩政に及ぼす力は計り知れないものになるからな。まったく、欲に塗《まみ》れた狸爺《じじい》だ」

兵馬之介の物言いがぞんざいになる。筆頭家老を狸爺呼ばわりして、苦々しげに唇を曲げる。

「殿にもしものことがあり、千寿丸さまが亡くなれば、伊予丸さまが次期藩主となるのは必定。さすれば、狸爺の思うがままに石久藩を動かしていけるではないか。伊予丸さまは、まだ襁褓《むつき》もとれぬ赤子なのだからな」

新吾は大きく息を吐き出した。

父の言っていることは、とどのつまり、お家騒動だ。大変なことかもしれないが、己に関わるとはどうしても考えられない。薫風館が関わってくるとも考えられない。

しかし、薫風館と筆頭家老の陰謀が結びつくと父は断言した。

また山鳩が鳴き始めた。長閑《のどか》な鳴き声が耳を突く。

新吾は膝の上でこぶしを握った。

五　風雪

山鳩の声が止むと、座敷は静まり返った。息の音さえ確かに聞こえる。それが自分の音なのか父のそれなのか、判然としない。

「薫風館が……殿の暗殺の企てとどのように結びついておるのです」

これは間違いなく己の声だ。ただし、掠《かす》れてひどく聞き辛《づら》い。

「学頭佐久間平州は庭田の息のかかった者だ」

兵馬之介が断じた。一分の躊躇《ちゅうちょ》もない言い方だった。

「佐久間だけではない。剣術教授方伊納正輝も野田村東鉉も教授の山沖彰吩《やまおきあきらお》もみな、庭田の一派だと、わしは睨《にら》んでおる」

「まさか」

山沖彰吩の総髪の顔が浮かぶ。顎《あご》が細くてこぢんまりとした、一見優しげな面立ちをしている。優しくはあるのだが、こと、学問に関しては厳しく、妥協ということがなかった。弘太郎などは、「野田村先生より山沖先生の方がよほど怖い」と、真顔で言う。同じような感懐を漏らす者は大勢いた。

しかし、新吾は山沖彰 蚧の講義が好きだった。

言葉が平明で、ことさら晦渋《かいじゅう》を装わない。衒《てら》いがなく、真っすぐに届いてくるのだ。豊かな知識と知力と語彙《ごい》があればこそ為《な》せる講義だ。

「知を磨け」

山沖が生徒たちに言った。

「特に、刀を佩《は》く者は刀を抜かずに済む知力をこそ養わねばならん。そのことを胆《きも》に銘じておくのだ。いつ、いかなる時も忘れてはならん」

経書の講義の後にこの一言を聞いたとき、新吾は正直戸惑った。つい数日前のことだ。刀を抜かずに済む知力とは何なのだ？

わからない。

「刀とは、抜けば斬り合いになる道具だ。人を殺せる。それを佩くとはどういうことか己が頭で考えねばならん。武士であるから当たり前だといって考えぬ者は愚かだ。愚かでは刀だけでなくあらゆる武具が扱えぬぞ。知力を鍛えてこそ、真《まこと》の武士と言える」

真の武士、真の知力とは何か。

これもわからない。

わからないことだらけだ。しかし、いや、だからこそ、おもしろい。興をそそられ、胸が高鳴る。そしてふっと、瀬島孝之進のことを考えた。あの残虐、あの卑劣、あの非情は……。

そうか、あれは知力のなさ故の無体だったのか。あやつらはどれほどの身分であっても、家柄であっても、知力を持たぬ者たちなのだ。

悟った心持ちになる。救われた心持ちになる。胸の痞《つか》えが下りた。嘘のように消えていった……わけではない。それでも、ずい分と楽になった。薫風館に移り、弘太郎や栄太たちと知り合い、額に汗して働くことを知り、徐々に癒《い》えてきた傷がまた少し縮んでいったのだ。きっと、そう遠くない将来、跡形もなくなるだろう。

ああ大丈夫だ。おれは大丈夫だ。

不覚にも、涙が零《こぼ》れた。幸い、誰も新吾を見ていない。素早く涙を拭《ぬぐ》い前を向く。手の甲が濡《ぬ》れて、少し痒《かゆ》い。

知力を備えた者でありたい。

残虐とも卑劣とも非情とも無縁の者でありたい。

強く思った。それからは前にも増して熱心に、山沖の講義に聞き入るようになった。

おれは弱い。まだ小手を恐れるほど弱い。しかし、知力を鍛え、いつか越える。あんなやつらに負けはしない。

己の力で越えるしかないぞ、鳥羽。

知を磨け。

薫風館で得た二つの言葉だ。これを糧にして進んでいける。

糧を手渡してくれた山沖彰吩まで、野田村東鉉まで、父は奸物《かんぶつ》の一味だと疑っている。

あまりに受け入れ難い疑念ではないか。

「信じられぬか」

兵馬之介が新吾の眼を見据えてくる。少し慌てて、睫毛《まつげ》を伏せた。おっとりした顔つきながら、兵馬之介の眼差《まなざ》しは鋭い。胸の奥まで見透かされるようで、まともに眼を合わせられない。

駄目だ。父上に臆《おく》しているときではない。

「父上」

「うむ」

「何か証《あかし》がございますか。つまり、教授方が庭田さまに加担されているという左証《さしよう》を摑《つか》んでおられるのですか」

「むろんだ。このようなお家の大事に関わることを、ただの推量で申すわけがあるまい」

身を乗り出す。

「左証とはどのようなものです。お教えください」

「ならぬ」

短く、強い拒否だった。鼻頭を打たれた気がした。

「何度も言う。新吾、これは石久藩の土台を揺るがしかねない大事だ。慎重の上に慎重を重ねて、事を進めねばならぬ。そう容易《たやす》くはさらけ出すわけにいかぬのだ」

身体を引く。顎を引く。父親をまじまじと見詰める。兵馬之介は息子の視線を受け止め、見返してきた。

「父上、わたしにとって薫風館はかけがえのない場でございます」

兵馬之介が僅《わず》かに目を細めた。

「父上は、そのかけがえのない場を裏切れと仰せになりました。それは師を裏切り、友を裏切り、己が心を裏切れと命じておられるのと同じでございますぞ。いくら父上の御命とはいえ、承服しかねます。わたしを好き勝手に使える駒と思うておられるのなら、それは、お考え違いと言う他ございません」

「父の命に背くと？」

「己の想いを正直に告げております」

大人たちが本音も核心も隠して、ただ命に従えと言うのなら、まだ半人前足らずの自分は胸の内を、あるがままにさらすしかない。

「薫風館の成り立ちを知っておるか」

「え……あ、はい。三代藩主沖永伊周さまが庶民教育のために、藩学とは別の郷校としてお作りあそばしたと聞いておりますが」

「その通りだ。この伊周さま、なかなかの名君であられた反面、奇矯なお振る舞いも目立つお方であったとか。城内に数百匹の猫を放してみたり、薄衣《うすぎぬ》一枚の女たちを雪の庭で倒れるまで踊らせてみたりとのう。さらに、ご正室どころか側女の一人も持たず、生涯を独り身ですごされた。むろんお子ももうけられぬままだった。それで、今の殿に繋《つな》がる伊瀬《いせ》家が他所《よそ》より石久に入り新たなご城主となられたわけだ。それで我が藩はお取り潰《つぶ》しの憂き目を免れた。そのあたりは存じておろうな」

「はい。習いはいたしましたが」

遥《はる》か昔の出来事だ。習いはしても関心は持てなかった。

「その伊周さまの近くに侍《はべ》り、薫風館創設を進めたのが佐久間平州と庭田家老の祖であるのだ」

「はあ……」

「学者と執政と、道は二つに分かれたが、佐久間家と庭田家は今でも親密の間柄を続けておる」

「はあ……」

「佐久間家が代々、学頭を務めるよう決まったのも庭田家の力によるところが大であるとか、そのあたりも、謂《い》わば公私を混同した振る舞いではないか」

「……かもしれません。しかし、佐久間先生は学頭に相応《ふさわ》しい人格者であろうかと思いますが」

「上辺はな。しかし、一皮むけば庭田家老と結託し、主君を亡き者にしようと暗躍する鴟梟《しきょう》よ」

「ならば捕らえればよろしいではありませんか。父上はさっき左証があると仰せになりました。それなら、それを突き付け、罪を暴けばよいだけのこと。わたしに間諜《かんちょう》の役を押し付けずとも」

「馬鹿者」

兵馬之介が吼《ほ》える。

父に一喝されたのは、いつ以来だろうか。

「仮にも庭田は、我が藩の筆頭家老だぞ。よほど盤石な証を積み上げねば、そう容易く捕らえられるものではない。下手をすればお家騒動となり、今度こそ公儀から取り潰しを言い渡されるやもしれぬ。そうなったら藩士たちの大半が路頭に迷うはめになる」

「それはそうでございますが」

だからといって、こちらに無理難題を押し付けられては堪《たま》らない。

「薫風館は今や悪の巣窟《そうくつ》に堕《お》ちておる。執政たちともども根元からの立て直しがいるのだ。そのために、おまえに助力してもらいたい」

「助力と申されますと」

「うむ。まずは薫風館で佐久間の許《もと》を訪れる者を調べてほしい。人相、身体の特徴などをできるだけ詳しく調べるのだ。それと、館内での教授たちの話や様子をも探ってもらいたい」

「わたしがですか」

「おまえがだ。先刻からそう申しておる」

兵馬之介の口調に苛立《いらだ》ちが混ざり込む。

「他人を探るなどできませぬ」

「特に何かを為せといっているわけではない。それとなく見張っておればよいのだ」

新吾はもう一度、父の顔を凝視した。

何か変だ。どこか妙だ。その感が拭えない。

だいたい、お家の一大事だと言いながら、まるで素人の新吾に探索を命じるあたりが腑に落ちない。その気になれば、もっと適任の者を探せるはずだ。

「父上、父上の後ろにはどなたがいらっしゃるのです」

今度は、兵馬之介が顎を引いた。

三百石の組頭の後ろで糸を引いているのは誰なのか、藩主の命を守ろうとする者か、藩政の刷新を望む者か、あるいは筆頭家老の追い落としを画策する者なのか。

兵馬之介の口元が僅かに緩んだ。

「誰だと思う」

「ご中老さまですか」

あの瀬島孝之進の父親か。まさかと気持ちが動いたが、筆頭家老とぶつかるなら瀬島中老以外は考えられない。

「千寿丸さまのご生母、諏訪《すわ》の方さまは瀬島家に御縁のある方と聞き及んだことがございます」

確か、孝之進の又従姉妹《またいとこ》だとか分家の娘だとか、孝之進の取り巻き連中がひけらかしていた覚えがある。千寿丸に万が一のことがあれば、中老は強力な手駒を失うことになるのだ。

不意に兵馬之介が笑った。天井に向けて、呵々《かか》大笑する。

座敷の中に明朗な笑声が響いた。

「なかなか言うようになったな、新吾」

笑いの余韻の中で、兵馬之介は身体を揺すった。

「それに鋭いではないか。そうだな、では、正直に言うてしまおう。庭田家老が城下の豪商と結託し甘い汁を吸うておるのは事実だ。あやつらが、藩の土台を貪《むさぼ》り食ってしまわぬうちに除かねばならないのも、殿のお命が狙われたのもまた事実である。しかしまあ、瀬島さまだとて商人たちからの付け届けを相当、手にしているはずだ。清廉潔白とは言い難い。が、殿の藩政改革にある程度の理解は示しておられる。このままだと、藩政が立ち行かなくなるとわかっておられるのだ。そこが、庭田との違いだ。わしはその違いにかけてみようと思うたのだ」

新吾は父の口元を見つめる。目に慣れたはずの唇が奇異な生き物に見えた。

「それで。めでたく事が成った後、父上は……」

庭田家老を失脚させ、瀬島中老が藩政の中枢に上り詰める。その暁には、

「執政入りを約束していただいた」

脇息《きょうそく》を前に回し肘《ひじ》を置くと、兵馬之介は柔らかく笑んだ。

「加禄《かろく》の上、藩の重役を賜る。なかなかの褒美であろう」

「……父上は、そのような褒美を望まれていたのですか」

それはあるまい。

昇進や加禄に汲々《きゅうきゅう》とするのなら、巴と暮らす道は選ばなかったはずだ。あれによって、兵馬之介は執政への扉を自ら閉ざした。

「さて、どうであろうか」

兵馬之介が立ち上がる。

「どちらへ」

「落合町に帰る」

「父上」

「今夜は泊まるつもりだったが、依子がああでは息が詰まる。やはり、あちらに戻る」

「父上、お待ちください」

新吾の声など耳を素通りしたかの如く、兵馬之介は廊下に出ていった。

まったく、何を考えている。いいかげんにしろ。

たまに帰ってきたと思えば、お家の一大事だの探索だの、心中を搔《か》き乱すだけ搔き乱して、とっとと去っていくわけか。少しは母上の気持ちも考えろ。

母上に八つ当たりされるおれの身にもなれ。

くそ親父。手前勝手に好きなこと言いやがって、おれは絶対、間諜になどならないからな。馬鹿野郎。人でなし。女たらしの遊び人。

胸中で悪態をついても、気は晴れない。いつもは好ましくさえある、父の飄々《ひょうひょう》とした態度が腹立たしくてたまらない。

込み上げてくる苛立ちに新吾は奥歯を嚙《か》み締めた。

「鳥羽さん、どうしたんです」

栄太がひょいと覗《のぞ》き込んでくる。

黒い眸《ひとみ》が、人懐っこい子猫のようだ。

「え、どうかしたって？」

「さっきから、何度もため息を吐いてますよ」

「そっ、そうか。いや、そんなことないだろう」

「ありますよ。わたしが数えただけで七回は吐いてますね」

「いや、十回だ」

弘太郎が両手の指を広げる。

薫風館からの帰りだった。くねくねと曲がる道を歩いている。暑気を思わせる陽気で、三人とも額に汗を浮かべていた。

「空を見上げては、はぁ。地面を眺めては、はぁ、寝転んでも座っても、はぁ。ため息の揃踏みだ。こっちも釣られて、はぁと出そうだ。はぁ、はぁ、はぁ。うっ、苦しい」

弘太郎が首に手をやる。

「吐いてばっかりで、息を吸うのを忘れていた」

「馬鹿馬鹿しい」

肩を窄《すぼ》めて苦く笑うつもりだったが、つい、噴き出していた。

また、笑わせてくれたな、弘太郎。

笑って、身体の力が抜けた。それで、少し楽になった。我知らず身体を強張《こわば》らせていたらしい。気が付かなかった。

「また、おふくろどのと衝突したのか」

「いや……今度は、親父だ。久しぶりに帰ってきたと思ったら、好き勝手なことをほざくだけほざいて、ここは気詰まりだからやはり、あちらに帰るだと。まったく、ふざけるなだ」

「そりゃあまた、大変だったたな。おふくろどのの機嫌は……うむ、推して知るべしか」

「推して知るべしだ。厄介事の種を蒔《ま》きに帰ったようなものだ」

「お父上に何か言われたのですね」

栄太が瞬《まばた》きをする。黒い眸が見え隠れする。

「鳥羽さんが気に病むような何かを」

驚いた。この眼は何もかも見通せるのだろうか。

「なぜ……わかった」

「だって、鳥羽さんがそんなに怒るのって珍しいではないですか。今まで一度も、お父上のことを悪し様に言われたことはなかった。それが今日は……。余程のことがあったんだろうと……」

「栄太、おまえすごいな。大目付の配下になれば、相当の働きをするんじゃないか」

「わたしは町見家になるんです」

「日本一のな」

「はい」

「今日は楽しみだな」

「はい」

石久の出で名高い町見家となった男が、江戸より帰ってきた。佐久間学頭のはからいで栄太はその男、磯畑軍平《いそはたぐんぺい》の話を聞く機会を得たのだ。

「朝から落ち着かなくて、気もそぞろなんです」

「そのわりには、おれの息の数をちゃんと数えていたぞ」

「それは鳥羽さんが、浮かない顔をしているから気になって……」

「おれは大丈夫だ。おまえたちに笑わせてもらったからな。力が抜けた。栄太もあまりがちがちになるな。せっかくの機会だ、十分に活用せんとな」

「はい、そのつもりです」

「けどな、栄太がその磯畑なんとやらに才能を認められて、江戸に行ってしまうってことも起こりうるぞ」

弘太郎が真顔で言う。まさかと、栄太はかぶりを振った。

「いや、弘太郎の言う通りだ。本物の町見家なら栄太の才を見抜くだろう。そうなったら、江戸で学べと言われるかもしれん」

「江戸にはいずれ行きたいです。でも、まだ時期尚早でしょう」

「謙遜《けんそん》するな、謙遜を」

栄太の背中を叩《たた》こうとしたとき、曲がり角の向こうに駕籠《かご》を見た。駕籠は一定の速さでやってくる。

新吾たちの傍らを通り過ぎ、山道に踏み込んだ。道の先には薫風館しか建っていない。

弘太郎が手をかざして、遠ざかっていく駕籠を見やった。

「薫風館にお客さまか」

「身分の高い方のようですね。香の匂いがしました」

「駕籠はただの辻《つじ》駕籠だったぞ」

「ええ、駕籠とお香がちぐはぐですよね。誰が乗っているんだろう」

何気ない栄太の一言が胸にぶつかってきた。

誰が乗っているんだ。

探れ。父の声がよみがえる。

探れ、新吾、探り出せ。

嫌だ。おれは誰をも裏切らない。

駕籠が軽やかな足取りで山道を登り、木陰に消えた。

誰だ……。誰が乗っていた？

風が微かな残り香を運んでくる。

この香り……。

知っている。どこかで嗅《か》いだ。どこかで確かに……。

小さく声をあげそうになった。思い出したのだ。まさか、そんな。

新吾は木々が茂り、緑の衝立《ついたて》になっているあたり、駕籠が見えなくなったあたりに視線を留め、暫《しばら》く動けなかった。


町中に入ると、人出が急に多くなった。

人が行き交い、荷車が行き交う。

売り声、掛け声、笑声、怒声、足音、手拍子、馬のいななき、車輪の音。賑《にぎ》わいが漣《さざなみ》となって押し寄せてくる。

通りに落ちた馬の糞《ふん》に蓬髪《ほうはつ》の子どもたちが群がった。人糞ほどの値は付かないが、馬糞も肥料として売れるのだ。摑《つか》み合いの喧嘩《けんか》のようにして馬糞を取り合う子どもたちを、振り袖《そで》姿の娘が嗤《わら》う。身形《みなり》からしても、供連れであることからしても大店《おおだな》の身内だろう。

袂《たもと》で口を覆い、肩を震わせる娘に鯔背《いなせ》な法被姿の若者が何か言った。からかいでもしたのか、娘は真顔になり、そそくさとその場を立ち去った。

栄太がぼそりと呟《つぶや》く。

「うん？　栄太、何か言ったか？」

「あ、いえ……」

新吾を束の間見上げ、栄太はかぶりを振った。栄太にしては珍しく落ち着きのない仕草だった。

「どうした？　気にかかることがあるのか」

「いや、さほどたいそうなことではないのですが……。城下に出るたびに感じるんです。人は同じではないのだなと……」

「うん？」

新吾と弘太郎は顔を見合わせる。弘太郎が、わからんという風に首を傾けた。

「人が同じでない？　どういう意味だ」

新吾が尋ねると、栄太は足を止め振り向いた。

荷を積んだ馬車が傍らを過ぎたばかりで、土埃《つちぼこり》が舞い上がり、視界を白く濁らせている。子どもたちは馬車を追いかけて角を曲がったらしく、一人の姿もなかった。

「あの子たち、ああやって一日、馬や牛の後を追いかけるんです。糞を集めて、僅かな銭を手に入れる。団子一つの値にも足らない銭です。わたしの周りには似たような子どもたちが大勢います。十歳にもならないのに日がな一日田畑で働いて、読み書きすらまともに習えない。でも、島崖だとそれが当たり前でとりたてて哀れなわけではありません。哀れだとも、惨《むご》いとも感じる者はいないのです」

新吾はもう一度、弘太郎と視線を合わせた。栄太の言おうとしていることが、おぼろげだが見えてきた。

そうなのだという風に、栄太が首肯する。

「でも城下には、様々な人がいる。馬糞を拾って僅かな銭を稼がねばならない者も、それを嗤う者も、豪奢《ごうしゃ》な衣に身を包む者も、ぼろ布一枚を纏《まと》うただけの者もいる。それが何とも……不思議な心地がします」

「不思議、なぜだ？」

新吾より先に、弘太郎が問うた。

「人が様々なのは当たり前だろう。豪商の娘とその日暮らしの子どもたちが同じ、というわけにはいくまい」

「……そうでしょうか」

栄太は俯《うつむ》き、小さく息を吐いた。

「確かに身分や立場の違いはあります。でも、人は人。犬でも馬でもない。人は人としてきちんと扱われるべきです」

「人は人として、か」

弘太郎が腕を組み、口を一文字に結ぶ。新吾も呟いてみた。

人は人として扱われるべきだ。だから……。

「嗤ってはならんのだな」

声に出す。

嗤ってはならないのだ。天子さまであろうと公方《くぼう》さまであろうと、必死に生きている者を嗤ってはならない。それは人として恥ずべき行いとなる。

「はい」

栄太が笑顔になり、うなずく。そして、少しはにかみながら付け加えた。

「この世に生まれた者がみな、人として扱われる。そんな世がやってくると、わたしは信じたいのです」

「うーむ。それは」

腕組みしたまま弘太郎が唸《うな》った。

「あまりに気宇壮大ではないか」

「でも、学問とはそのためにあるのでしょう」

「えっ」

弘太郎と新吾の声が重なった。

「人が幸せになるために学問はある。わたしは、そう思っています」

もう一度、弘太郎と目を見合わす。

「そんな風に考えたことは、なかったな」

新吾より先に弘太郎が答える。何かを払うように首を振った。

「おれもだ。おれは……」

おれは何のために学んでいるのか。薫風館での学びをどう生かし、どう人の世に結び付けたいと望んでいるのか。

答えはどこにある。

知を磨け。

山沖彰唹の一言がよみがえる。そして父の一言も。

薫風館を探れ。

頭の芯《しん》が鈍く痛む。

それを振り払い、新吾はいつもよりずっと陽気な口吻《こうふん》で弘太郎に話しかけた。

「なっ、おれたち、栄太にずい分と差をつけられてないか」

「確かになあ。悔しいが頭の中身が違う」

弘太郎は鼻の先を指で掻《か》き、大仰なため息を吐いた。

「え？ あ、いや、そんな。待ってください。わたしはそんなつもりで言ったのじゃなくて、あの、つい日頃、考えてることを口に出してしまっただけなんです」

栄太は本気で慌てていた。眼の縁が赤く染まっている。

「え、偉そうなことを言ってしまってすみません」

「謝ることなんかあるもんか。いや、おれは心底から恐れ入っているのだ。おれなんか……学問とか人の世とか、正直、まともに考えたことはなかったからなあ。うむ、学問とは何ぞや。人の世とは何ぞや。そこに、おれたちはどう関わっていけるのか、だな」

「おい弘太郎、いくら栄太の真似をしても俄《にわ》かには思慮分別はつかんだろう」

「ぬかせ。栄太には劣っても、おまえよりはましなはずだぞ」

「頭の大きさなら、確かにおれより勝っているな」

「ふざけるなって。せっかく、気持ちが昂《たかぶ》ってきたのに。うわっ」

弘太郎が突然、のけぞった。

「おい、どうした？」

「糞《ふん》だ。鳥の糞が足元に落ちてきた」

「馬の後は鳥か」

見上げると道筋の薪炭屋《しんたんや》の屋根に鳥が止まっていた。首を突き出し、路上を探るように左右に振っている。

「危ねえ。もうちょっとで、もろに顔にかかるとこだったぞ」

クワッ。耳障りな一声を残し、鳥が飛び立つ。

「もろにかけてやろうと思ったのに、残念だったってよ」

「新吾、おまえ、鳥と話ができるのか。栄太とはまた違った意味で、たいしたものだ」

弘太郎の真顔がおかしくて笑いをこらえきれなかった。栄太も笑う。弘太郎もぱかりと口を開け、笑声《しょうせい》を上げた。

　こんな風に笑い合える。

　誰かを見下す嗤いではなく、己の楽しさゆえの笑い声を響かせられる。

　薫風館を探れ。

　父の言葉が頭の中で渦になる。渦に巻き込まれないためにさらに声を大きくする。

「まったく騒がしいにもほどがある」

　背後で誰かが舌打ちした。

　振り向く。

　思わず息を詰めていた。

「瀬島……」

　瀬島孝之進が立っていた。相変わらず、数人の取り巻きを引き連れている。

「武家の男子たる者が路上で大笑いとはな。呆《あき》れ果てる」

　取り巻きの一人が前に出る。さっきの嫌味も舌打ちもこの男のものだ。阿部だ。新吾をなぶり続けた男でもある。

「おや、よくよく見れば鳥羽ではないか。郷校に移ったと聞いたが、相変わらず恥知らずなままだな」

　阿部が唇を薄く開いた。

「まあ、烏はどうがんばっても烏。鶴や鷹《たか》にはなれんという証《あかし》か」

阿部が両手を振って羽ばたく真似をする。取り巻き連中がどっと沸いた。

あの嗤いだ。

他人を傷つけるためだけに嗤う声だ。

背筋が震えた。

怒りでも怖気《おじけ》でもなく、嫌悪だった。ひゃひゃと不快な響きを残し虚空に消えていく音への疎ましさだ。

孝之進を見やる。

無言だった。顔には何の表情も浮かんでいない。以前より肥えたようだ。頰のあたりに肉が付き、かつての精悍《せいかん》さは見当たらない。まだ元服前であるのに、疲れに似た暗い色を目元に滲《にじ》ませていた。まともに凝視するのがなぜか憚《はばか》られて、新吾は視線を逸《そ》らした。

あっ。孝之進の後ろにいた小柄な男に目がいったとたん、叫びそうになった。

「飯島……」

藩学で親しくしていた唯一の少年だった。孝之進とぶつかった新吾を気にかけてくれた者でもある。その飯島が孝之進の背に隠れるようにして佇《たたず》んでいたのだ。取り巻きの一人に加わったのか。加わらざるを得なかったのか。

飯島は俯いたままで、新吾に顔を向けようとはしなかった。

「何だ、こいつらは」

弘太郎が無遠慮な眼差《まなざ》しを投げる。

阿部の眉間《みけん》に皺《しわ》が寄った。

「我らは藩学に学ぶ者だ」

そう告げ、胸をそらす。藩学に通うとは上士の子弟である証だ。

おまえたちとは身分が違うと、暗に、いや露骨に示しているわけだ。栄太が提げていた風呂敷《ふろしき》包を強く抱え込んだ。

跪《ひざまず》いたりするなよ。

目配せをする。

わかっています。

栄太も目色だけで答えてきた。

「で、そちらは鳥羽と一緒ということは薫風館の者だな」

「そうだが」

大柄な弘太郎が阿部を見下ろす。睨《ね》めつけたわけではないが、阿部は頬を紅潮させた。

「何だ、その眼付きは。我々を何だと思っている」

「学生だろう。藩学の」

それがどうしたという風に、弘太郎は肩を竦《すく》めた。

「きさま、わかっていないのか。我々とおまえたちとでは身分が違うのだぞ。それを見下ろし、無礼な物言いをするとはどういう了見だ。手打ちにされても文句は言えんぞ」

阿部が刀の柄《つか》に手をかける。ほとんど同時に、弘太郎が笑い出した。

「きさま、何がおかしい」

「いやいや、そちらがあまりに大仰な振る舞いをするものだから、つい……。気に障ったらお許しあれよ。しかし、何とも脅し方が様になっていない御仁だな。それでは大根も切れまい」

「むうっ、よ、よくも」

阿部がぎりりと歯を鳴らした。

「止めろ」

新吾は前に出て、阿部の柄を押さえた。

「大通りだぞ。こんなところで白刃を抜けばどれほどの騒ぎになると思う。抜けば咎《とが》めなしというわけにはいかなくなるぞ」

阿部の顔色があっけなく褪《あ》せていく。

「往来での抜刀は厳しく詮議《せんぎ》されるとの布達が、昨年、出されたばかりのはずですが」

栄太が小声ながらはっきりと言い放った。

「それに、藩学、郷校にかかわらず、学ぶ者に身分差はつけずとの布達もございました。学びの場においては、誰もが同等なはずです」

現藩主沖永久勝は賢君としての誉れが高い。旧弊な藩政の改革にも意欲的だ。人こそ礎、人こそ宝との信念のもと、身分の高低に拘《こだわ》らず優秀な人材の育成を図っていた。身分や家柄にしばられて人の才を埋もれさせるのは至愚であると、久勝自らが確言したと聞いた。それは、薫風館の理念にも繫《つな》がるものだ。そう思い、心を弾ませた覚えがある。それなのに、薫風館が藩主暗殺を企てる一味の巣窟《そうくつ》だなどと……。あり得ない。やはり、あり得ない。何かがどこかで捻《ねじ》れている。あるいは故意に歪《ゆが》められている。

「下士の分際で、大口を叩《たた》きおって」

阿部はまだ唸っていた。飯島は顔を伏せたままだ。一寸も上げようとしない。

不意に孝之進が踵《きびす》を返した。足早に遠ざかっていく。

「え？　あ、せ、瀬島さん。お待ちください」

阿部が慌てて後を追った。

「何なんだ、あいつら」

弘太郎が舌を鳴らす。

「瀬島さんと呼んでいましたね。もしかして、ご中老の瀬島さまの？」

「ああ、真ん中に黙って立っていたやつは、瀬島家の嫡男だ」

栄太が息を吸い込む。弘太郎は反対に、息を強く吐き出した。ひゅっと掠《かす》れた音がした。口笛のつもりらしい。

「なるほどねえ。虎の威を借る狐の群れってわけか」

「弘太郎、口が過ぎるぞ。過ぎた口はどこで災いするかわからん。気を付けろ」

「そうですよ。間宮さんは軽率すぎます。さっきもわざとあっちを煽《あお》ったりして、はら

でなかったらえらい騒ぎになっていたぞ」

はらしておりました」

「まったくだ。栄太がとっさに機転を利かせ、阿部が躊躇《ためら》ったから事なきを得たものの、でなかったらえらい騒ぎになっていたぞ」

「何だ二人して、あちこちから攻めてくる気か」

弘太郎が不満げに唇を尖《とが》らせた。

「先に言いがかりをつけてきたのはあっちではないか。まるで薫風館が藩学に比べ劣るような口を利きやがって。そうだ、わざと挑発してきたのはあっちだぞ。あっち」

弘太郎は肩を怒らせ、鼻の穴を膨らませた。本気で怒っているらしい。中老の子弟だと聞いても怖気づかないところが、いかにも弘太郎だ。むろん、元服し大人になり、身分が定まってしまえばこうはいかない。言いがかりだろうが、理不尽だろうが、上士に逆らうなど許されなくなる。新吾はともかく、軽輩の弘太郎や士分でさえない栄太などは孝之進や阿部と顔を合わせることも、言葉を交わすこともあり得なくなるのだ。

そこまで考え、新吾は軽くかぶりを振った。

先のことを考えて、萎縮《いしゅく》せずともよい。

そう己に言い聞かせる。

先がどうあれ、今は対等ではないか。学ぶ者として同一の線の上に立っている。ほんの一時期であっても比肩しているのだ。それを忘れまいと思う。

「新吾、おまえ……」

弘太郎の視線が新吾の頰のあたりを撫《な》でた。

「ああいう連中と一緒に学んでいたのか」

「うん、まあな……」

「大変だったな」

弘太郎は一息を吐き出し、声音を柔らかくした。

「息が詰まるようだったろう」

「……だな」

ずっと俯いていた飯島に心を馳《は》せる。なぜ、一度も顔を上げなかったのか。こちらを見ようとしなかったのか。ほとんど私刑のように、打ち叩かれている新吾に手を差し伸べられなかったこと、見て見ぬ振りをしたことを負い目に感じているのか。だとしたら、気にするなと伝えたい。

飯島、もういいのだ。もう済んだことだ。おれは、心底から声を上げて笑えるほどになったぞ。嘘でなく、学びに、今の自分に手応《てごた》えを感じているぞ。

だから、もう気にするな。

「でも、間宮さん、気を付けた方がいいですよ」

栄太が弘太郎の前に回り、見上げる。

「少し執念深そうな方々でした。今日のことを根に持つということも考えられます」

「根に持つとは？」

暫《しばら》く躊躇った後、栄太は続けた。

「一人でいるところを襲われるとか、待ち伏せされるとか。そういう心配はないでしょうか」

「襲われる？　おれが？」

弘太郎の右眉《まゆ》が僅かに持ち上がった。

「間宮さんが幾ら遣い手とはいえ、数人に囲まれて打ちかかられたら防げないでしょう。まさか、そんな卑劣な真似をなさるとは思えませんが、用心するに越したことはありません」

「ふむ」

顎《あご》の下を軽く掻いて、弘太郎が眉を顰《ひそ》める。

「まさか、それは些《いささ》か用心が過ぎる」

新吾は苦笑してみせた。

孝之進たちは傲慢《ごうまん》で権高ではあるが、数を頼んで闇討ちを企てるほど悪辣《あくらつ》ではない。そこまで堕《お》ちてはいないはずだ。

「そうでしょうか……」

「そうさ。あいつらだとて武士だ。武士の矜持《きょうじ》を一分も備えていよう。そうそう卑劣な振る舞いはすまい」

口にしたとたん、脳裏にちらりと影が走った。

数を頼んで闇討ち……ではないが、滅多打ちに遭った。あの陋劣《ろうれつ》を孝之進たちが繰り返さないと言い切れるか。

「わたしは、たくさん見てきました」

栄太が呟く。呟きながら視線を足先に落とした。

「お武家さまがどんな卑劣な行いをするか……」

栄太の声は消え入りそうに細く低かった。それでも辛うじて、新吾の耳に届いてくる。

「村の若い娘を年貢の内だと無理やり連れ去ったり、些細《ささい》なことで憤り、村人を半死半生の目に遭わせたり、わざとなぶって喜んだり……。そういう方々がたくさんおられます。わたしたちが抗《あらが》えないのを承知で、無理難題を押し付けてくる。それはやはり、卑劣な振る舞いではないでしょうか」

栄太が面を上げた。

新吾たちが眩《まぶ》しいかのように瞬《まばた》きする。

「わたしは、ずっと……お武家さまが嫌いでした。むろん、立派な方も、心優しい方もおいでです。でもそういう方々は、たいていが下士の方です。上に立つお方は誰も我々を人とは思うておられませんでした。だから卑劣を卑劣として、横暴を横暴として感じとることができないのです。牛馬を鞭《むち》打っても、呵責《かしやく》は覚えないのと同じでしょう。わたしの隣家の主人は、娘を手籠《てご》めにしようとしたお武家を丸太で殴り、怪我を負わせました。娘は助かりましたが、主人はその場で斬り殺され、一家は離散の憂き目を見ました。父が娘を守ろうとしたことが罪になるのでしょうか。おかしいとは思いませんか。でも……身分が違うのだから仕方ないと、わたしたちは耐えてきました。諦《あきら》めてきたとも言えます」

弘太郎が低い唸り声を漏らした。新吾は黙っている。訥々《とつとつ》と続く栄太の語りに口を挟めない。

聡明《そうめい》で、温和で、静謐《せいひつ》。それが新吾の捉《とら》えた栄太だった。しかし、今、目の前で思いを吐露している人物からは、ねっとりとした怨嗟《えんさ》の気が伝わってくる。その暗さ、重さに身動きできない。

「でも、間違っていると気が付きました」

栄太の口吻が変わる。低くはあるが、軽やかになる。新吾は我知らず息を吐き出していた。

「薫風館の門をくぐって、鳥羽さんや間宮さんに出会って、人の心に身分などないのだと知りました。諦めてしまわなければ、この世も自分の生き方も、学問の力で変えられるんだと……。夢のような話ですが、わたしは信じています。そう信じられたら、とても……何て言えばいいのか……とても楽になりました」

楽という一言を具現するように、栄太は微笑んだ。

「学問を続け、深めていけば、きっと世を変えられる。耐えるだけの、諦めるだけの世を作り変えることができる。そう信じられるんです。薫風館の、鳥羽さんや間宮さんのおかげです」

「おれたち?」

新吾は大きくかぶりを振った。

「おれたちは何もしていない。むしろ、おれたちが栄太から多くを学んでいる。な、弘太郎」

「うむ。残念なことに、おれたちは栄太ほど賢くないし、将来《さき》を見つめてもおらん。人の世を変えられる力が学問にあるなどと、考えたこともなかった」

「いや、おれは少しは考えていたぞ」

胸の上をこぶしで叩く。

「世を変えるのは刀ではなく知力だ。知を磨け。山沖先生の言葉はここに刻まれている」

「ちょっと待て、新吾。勝手に裏切るな。それでは、おれだけが空っぽ頭のようではないか」

「空ではなかろう。八分目ぐらいは何かが詰まっているようだぞ」

「何かとは何だ。まったく、無礼なのにもほどがある」

三人はまた、笑声を響かせた。

「でも、本当にお二人のおかげなんです。お二人に出会わなかったら、こんな風に笑えなかったし、いつまでもお武家さまを怨《うら》んでいたはずですから」

栄太が深々と低頭する。

「馬鹿、やめろ。おれたちに頭を下げてどうするんだ」

新吾は栄太の腕を摑んで、引き起こした。

「いいか、栄太。おれたちは友だぞ。対等だろうが」

「はい」

「二度と頭なんか下げるな」

「はい」

うなずき、「もう、行きます」と栄太は告げた。笑みがまだ、口元に残っていた。

「そうだ。急がないとせっかくの話を聞きそびれるな」

「はい。では、明日また、薫風館で」

「ああ、明日、薫風館で」

身をひるがえし、栄太が走り出す。痩《や》せた小さな背中はすぐに人混みに紛れ、見えなくなった。

「あいつ、堂々としてるな」

弘太郎の声音はいつもより僅かに低かった。新吾も低く答える。

「ああ、己の進むべき道がはっきり見えているんだろう。しかも、自分で選んだ道が、だ」

「羨《うらや》ましいか」

弘太郎が真顔で問うてくる。

「少しな……」

「かなりだろう。そういう顔をしているぞ」

「弘太郎はどうなんだ。己で己の道を進もうとする栄太を羨ましいとは思わないのか」

「うーん、どうだろうなあ」

弘太郎は両手を空へと伸ばした。

「心に身分はないと栄太は言ったが、現《うつつ》の身はがんじがらめだ。どの家に生まれるかで、おれたちの一生は決まってしまう。おれは普請方勤めしかできんし、瀬島の嫡男はいずれは執政の座に就く。そう決まっているわけだ」

「うむ」

生まれ落ちたそのときから全ては決められている。役目も生き方も。自分の意で抜け出すことは容易ではない。どれほど励んでも壊せない枠があるのだ。

息苦しい。

時折だが、背骨が軋《きし》むようにも感じる。

「けど、おれは嫌いじゃない」

弘太郎がふわっと欠伸《あくび》を漏らした。

「普請方の仕事が好きなんだ。日にさらされて、汗みどろになって働くことが性に合っている気がする。うちの親父な、家に帰るとまず水を一杯、飲むんだ」

弘太郎の指が幻の湯呑《ゆのみ》を摑む。

「それが実に美味《うま》そうでな。ただの水がどれほど甘露かと思ってしまうぐらいだ。水を飲み干したときの親父の顔がまた、蕩《とろ》けるようで。たった一杯の水でああいう顔ができるなら、普請方も悪くない。案外、重臣の一人となるよりおもしろいかもしれんぞ。己で選び取った道でなくてもやりがいや手応えは、あるはずだ」

「なるほど。おまえらしい意見だな」

弘太郎なら、己に課せられた定めを重荷ではなく喜びに変えられるかもしれない。たった一杯の水に満足を見出《みいだ》せるかもしれない。

「じゃあ、ここで」

いつもの分かれ道で弘太郎は分厚い手を振った。今日は寄って行けとは誘ってこなかった。

それぞれだな。

ゆっくりと遠ざかっていく背中を見送る。そこにさっき別れたばかりの栄太の後ろ姿が重なる。

三人一緒に歩いていても、道の分岐まで来ればそれぞれに別の方向に歩いていかねばならない。今なら、まだ明日がある。明日、また、薫風館で顔を合わせられる。しかし、それもいつか終わる。終われば、三人三様の道はもう交ざることはない。

栄太は町見家、弘太郎は普請方。

ならば、おれは……。

日差しは熱く、夏の近さを告げている。なのに新吾は寒々とした風を感じた。身の内が冷えていく。

薫風館を探れ。

一時忘れていた父の命がぶつかってくる。忘れたことを罰するかのように、突き刺さってくる。

父は本気で瀬島中老の引き立てを望んでいるのか。執政の一角に潜り込むつもりなのか。自分も父と同じ道を歩まねばならないのか。

唐突に巴の面輪が浮かんだ。

儚《はかな》げで、地味で、幸せとは縁遠い女の面《おもて》だ。目を伏せて、顔を俯けて、表情が読み取れない。

強く頭を振って、大人の女の面差しを振り払う。

家へと続く道をいつもより足早に歩き出す。

寝苦しい夜になった。

新吾が家に帰り着いたころ空を覆い始めた雲は、宵にはさらに厚くなり、さりとて雨を降らせるでもなく、湿気の多い不快な暑さを石久の城下にもたらした。

夜具の中で何度も寝返りを打つ。耳元で蚊の羽音を聞いた。起き上がり、行灯《あんどん》をつける。蚊は暗闇に潜んでしまった。

眠れないなら書見でもと考えたが、その気も起こらない。父の命のせいなのか、孝之進たちに出くわしたからなのか、気持ちがざわついて目がさえてしまう。喉《のど》が渇いて、枕元の水差しから水を注ぐ。白地の湯呑になみなみと注ぐ。水を飲み干し、一息吐いた直後、指から湯呑が滑り落ち、盆の縁に当たって砕けた。白地の厚い湯呑だ。簡単に砕ける代物ではないはずなのに……。胸内が騒ぐ。

用心するに越したことはありません。

栄太の忠告だ。新吾は考え過ぎだと笑った。しかし……。

まさか、弘太郎の身に。

小さな女の叫びが聞こえた。立って廊下に出ると、台所あたりから微《かす》かな物音が伝わってくる。この夜更けに、誰かが訪ねてきたのか。表でなく裏手から？

生唾《なまつば》を呑み下す。心の臓の鼓動が速くなる。

廊下にぽっと光が灯《とも》った。

慌ただしい足音が近づいてくる。手燭《てしょく》を掲げた者がこちらに向かってくる。

お利紀だった。臙脂《えんじ》色の明かりに、皺を刻んだ老女の顔半分が照らし出されている。

「新吾さま、ご学友さまが大変でございます」

臙脂の光の中で、お利紀の唇が蠢《うごめ》く。その袖口に広く血が付いていた。新吾はお利紀を押しのけ、廊下を駆けた。

六　風音

台所に明かりが灯《とも》っていた。人のざわめきも聞こえる。

新吾は足音も荒く、台所の板場に飛び込む。

「何事だ」

女が振り返った。

お豊だ。このところ通いではなく住み込みで働いている。

「いよいよ、亭主と別れる心づもりができましたよ。何だか妙にすっきりした気分ですねえ」

お利紀を相手にしゃべっているのを漏れ聞いた。お豊の地声は大きく、よく響くのだ。

「新吾さま、大変なことに……」

そのお豊の声が掠《かす》れている。まくり上げた腕の中に血に塗《まみ》れた襤褸《ぼろ》の塊が見えた。それが人だと気が付くのに、僅《わず》かの間がいった。

「……弘太郎」

お豊が身体をずらす。燭台《しょくだい》の明かりが襤褸の塊を照らし出した。

「栄太！」

叫んでいた。喉《のど》の奥が絞られる。一瞬だが息が詰まった。

「栄太、栄太、どうした。栄太」

お豊を押しのけ、栄太を抱きかかえる。

血が強く臭った。

「惨《むご》うございます」

お豊が掠れ声で呟《つぶや》いた。

栄太は身体中から血を流しているようだった。顔はどす黒く腫《は》れ上がり、鼻から頰にかけて傷口が開いている。小袖《こそで》も袴《はかま》も、破れ赤黒く染まり、解《ほど》けた髪も、また、血に汚れていた。

「こんな刻《とき》に何を騒いでおります」

依子が手燭を掲げ、入ってくる。入ってくるなり息を吞《の》み込んだ。同時に、栄太が呻《うめ》く。くぐもった呻きは言葉にならない。代わりのように、血の筋が口の端から零《こぼ》れた。

「栄太、しっかりしろ。眼を開けろ」

「揺すってはなりません」

依子がぴしりと息子の肩を打った。

「お豊、何をぼんやりしておるのです。柳斎《りゅうさい》先生を呼んでくるのです。早く、なさい」

「は、はいっ」

お豊が文字通り、跳ね起きる。そのまま、裏口から飛び出していった。夜風が吹き込んでくる。どんよりと重い、湿った風だ。

「お利紀、奥の座敷に床を敷いて」

「はい」

「それから六助を呼んできなさい。新吾と二人して怪我人を夜具に移すのです」

「母上、それはわたし一人でも大丈夫です」

「揺すってはならぬと申したでしょう」

再び肩を打たれた。息子を打った指を、依子は固く握り込む。

「この者、頭に相当の怪我をしているのではありませんか。そういう者をむやみに動かしてはなりません。命に関わりますぞ。六助と二人で、できるだけ静かに運ぶのです」

「はい」

湯を沸かせ、晒《さらし》の用意をせよと、依子は次々と指示を出した。それに従い、奉公人たちがてきぱきと動く。

「新吾どの」

栄太を床に寝かせ、一息吐き出したとき、依子に呼ばれた。

「この者は何者です。お利紀には学友だと名乗ったそうですが、まことですか」

「まことです。薫風館で共に学んでおります」

「武家ではありませんね」

「島崖村の名主の息子です」

「名主、では百姓か」

腰を落としたまま、新吾は母親を見上げた。

武家でないなら屋敷内に留め置くことはできぬ。母がそう告げてくるかと、身構える。力の限り抗《あらが》う意志を眼差《まなざ》しに込める。しかし、依子はため息を吐いて、何故《なにゆえ》かと問うてきただけだった。

「薫風館で学ぶ者が何故、こんな怪我を負いました」

「それは……」

「どこぞから落ちたとか、転んだという傷ではないでしょう。おそらく……大勢に襲われてなぶり者にされたのではありませんか」

新吾は強く唇を結んだ。そうしないと、自分もまた呻き声を上げそうだったからだ。

大勢に襲われてなぶり者にされた。その通りだ。ほとんど無抵抗の栄太をよってたかって打擲《ちょうちゃく》したやつらがいる。蹴《け》り上げ、殴りつけたやつらがいる。

あいつらだ。

「先生がお見えです。奥さま、先生をお連れしました」

お豊に引きずられるようにして、出入りの医師戸田《とだ》柳斎が現れた。栄太を一目見るなり、眉《まゆ》を顰《ひそ》める。それでも薬籠《やくろう》から薬や道具を取り出すと手当てを始めた。医者にしては武骨とも思える太い指が滑らかに動き、栄太の傷を調べ、手立てを講じていく。栄太はもう何も言わない。固く目を閉じ、呻きさえ漏らさなくなった。

「先生、如何《いかが》でしょうか」

治療を終えても柳斎はなかなか口を開こうとしなかった。我慢できなくて、新吾は問うた。栄太の息は細く、弱く、今にも途切れそうで怖い。不安でたまらなかった。

「あまり、よくありません」

新吾をちらりと見やり、柳斎はかぶりを振った。

「このところを」

自分のくわい頭を指差す。

「強く打たれておるようです。他の傷も酷《ひど》いが命に関わるものではありません。しかし、頭だけは……些《いささ》か厄介です」

「厄介と言われますと」

「ここに血の塊ができておるやもしれません。外に流れ出てこないぶん、手立てのしようがなく厄介なのです。脈も乱れておりますし、弱々しい。予断を許さない容態と言えましょう」

この方はご当家のお身内ですかと柳斎は尋ねた。その声の響きに、新吾の身体は強張《こわば》る。全身に汗が滲《にじ》んだ。

「……違います。わたしの学友です」

「それではすぐに、お身内を呼ばれるのがよろしいかと存じます」

柳斎が視線を逸《そ》らし、横を向く。

「先生、それは……栄太がもう助からぬと言うておられるのか」

「目が覚めなければ、このまま息を引き取ることも十分に考えられます。すぐに亡くならずとも、寝たきりになり、徐々に弱っていく見込みも高うございます」

汗が一気に引いていく。血の気も引いていく。吐き気がした。

「手立ては……手立ては、本当にないのですか」

「ございません」

妙にきっぱりとした口調で、初老の医師は言い切った。

「助かるか助からぬかは、もはや天の配剤によります。医者として、できることはほとんどございません。無念ではありますが……」

「そんな……」

「お身内の方々を早くお呼びになるがよろしかろう。今、わたしに言えるのはそれだけです」

柳斎の告げる一言、一言が突き刺さってくる。

「明日の朝、診に参ります。それまでに容態が急変するようなら、お報《しら》せください。ただ、そのときはおそらく……」

語尾をぼかし、柳斎は部屋を出ていった。

夜具の傍らに座り、新吾は昏々《こんこん》と眠る栄太を見下ろす。

腫れ上がった顔、生々しい傷、薄《うっす》らと残っている血の跡、白く乾いた唇。全てが痛々しい。

「栄太……」

奥歯を噛《か》み締める。ぎしぎしと歯の軋《きし》む音を聞く。

「島崖に使いを出さねばなりませんね。他にはどこか報せるべきところがありますか」

背後から依子が声をかけてきた。

「あ、はい……」

弘太郎の姿が浮かんだ。

「普請方の組屋敷に人をやってください。間宮という家です」

「普請方組屋敷の間宮ですね。文を書きますか」

「はい、すぐに」

「そうなさい。普請方の組屋敷は確か正力町にありましたね。あそこならそう遠くない。でも、島崖村までは些か時がかかりますね」

依子の形の良い目が細められた。

間に合えばいいけれど。

栄太に向けられた眼差しが憂いを語っていた。

弘太郎に短い文を認《したた》め、六助に持たせる。島崖村へは足の達者な若党を差し向けた。母の言う通り、島崖村は遠い。栄太の両親は夜が明けるまでに来られるだろうか。

「夜も更けました。少し、横になりなさい」

依子が椀《わん》を持って入ってきた。とろりと白濁した液が入っている。それを匙《さじ》で栄太の口に運ぶ。

「処方していただいた薬です。気休めかもしれませんが何もしないよりいいでしょう」

栄太の喉が微《かす》かだが動き、薬湯を嚥下《えんか》する。

「この者は生きておりますよ、新吾どの」

依子の口元に仄《ほの》かな笑みが浮かんだ。

「必死で生きようとしております。諦《あきら》めるのは早いようです」

「母上」

新吾は畳に手を突き、低頭した。

「まことにかたじけのうございます」

「何に対しての礼です？」

「栄太を屋敷に入れ、手当てをしていただきました」

「新吾」

依子は息子を呼び捨て、匙と椀を傍らに置く。背を伸ばし、はたと睨《にら》みつけてきた。

「そなた、この母を鬼とでも思っておいでか」

「え？　いや、鬼などと滅相もない」

「わたしは確かに、あなたが薫風館に通うことに反対しました。今でも口惜しい思いは残っております。でも、だからといってこのような怪我人を見捨てるほど非情ではありませんよ。誰の命であろうと、助けられるものなら助けようと努めます。人として当たり前のこと。わたしは鬼でなく人なのですからね」

毅然《きぜん》と言い放つ依子に、新吾はもう一度、深く頭を下げた。

確かに人が人を助け、救うのは当たり前だ。しかし、その当たり前がなかなか通用しない世ではないか。栄太を襲い、半死半生の目に遭わせたのは人だ。獣のような輩《やから》であっても、人には違いない。人を殺すのも、傷つけるのも、貶《おとし》めるのも、陥れるのも人ではないか。鬼でもなく、獣でもなく人なのだ。

けれど、依子の人であろうとする姿には心打たれる。母の美しい部分に触れた気がした。栄太を追い出すのではと一時でも疑った、自分の卑小さに赤面する。

「生きておりますよ」

椀を手に取り、依子が呟いた。

「生きております。生きようとしております。だから、諦めてはならないのです。この者と一緒に闘わねばなりません」

「はい」

新吾は膝《ひざ》を進め、依子から椀と匙を受け取った。栄太の口の中に薬湯を流し込む。

生きろ、栄太。生きるのだ。死んではならんぞ。

胸の内で語り掛ける。

死ねば、負けだ。全てが無になる。わかっているな、栄太。おまえは故郷《ふるさと》を変えるのだろう。不毛とされた一帯を豊饒《ほうじょう》の地に変えるのだろう。おまえにしか描けぬ未来《さき》ではないか。だから、死んではならんのだ。

匙を持つ手が震えた。白濁の液が零れ、夜具を汚す。

「頼む……」

腹の奥から哀願の声が這《は》い上がってきた。

頼む、頼む、頼む栄太。生きてくれ。死なないでくれ。生きて、もっと多くを語ってくれ。おれや弘太郎を驚かせたり、唸《うな》らせたり、喜ばせたりしてくれ。

頼む、頼むから……。

憤怒《ふんぬ》の情も、心の乱れも静まっていた。栄太の生を願う。その一念だけが溢《あふ》れてくる。

「誰がこのような惨いことを」

背後で、依子が息を吐き出した。

「まだ、年端もゆかぬ少年のように見えます。幾つなのです」

「十三です」

「十三……、あなたより年下なのですね」

「はい。しかし、学問では、わたしなどとうてい敵《かな》わぬ力量の持ち主です。深い見識と志を持っておるのです」

栄太は小柄で痩身《そうしん》でもある。だからだろう、年齢より幼く見られることが度々あった。しかし、聡明《そうめい》さを湛《たた》えた眼の光に触れれば、貧弱な体軀《たいく》の少年の内にある豊かで強靭《きょうじん》な知力に打たれるはずだ。

「母上、栄太は島崖に水を引き、かの地を穀物の豊かに実る沃野《よくや》に変えたいと常々、申しておりました。ただの夢ではなく現《うつつ》に成し遂げる決意を持っております。そのために、薫風館で懸命に学んでおるのです」

依子は返事をしなかった。行灯《あんどん》の明かりに照らされる栄太の寝顔を、ただ見詰めている。

「嫌なのです」

ややあって、ぽつりと呟いた。聞き取り難いほど低い呟きだった。

「あなたが農民や下士の者と対等に付き合い、あまつさえ、それを楽しんでいる。そんな有様を目にし、耳にしなければならないことは苦痛でした。今でも嫌で嫌でたまりません」

「母上……」

「けれど、目の前に必死に生きようとしている者がいるのに、何もできないのは……、ただ手を拱《こまね》いているのは、もっと嫌なのです。耐えられぬほど嫌なのです」

依子がほとんど睨みつけるように、新吾を見やった。その視線がふっと緩む。口調が重く、湿ってくる。

「城之介のときが……そうでした」

「兄上の？」

「城之介が亡くなったとき、あなたは十二歳でしたね。兄上が亡くなった日のことは忘れてはおりますまい」

「はい。覚えております。兄上は確か、落馬のさいの怪我がもとで落命なされたのでしたね」

「そう……寒い日でした。間もなく桜も咲こうかという時季であったのに、底冷えするような寒い日が続いて……。城之介は馬が好きでした。誰より巧みに乗りこなして、見事なものでした」

覚えている。自分と三つしか年の違わぬ兄が、大人も手を焼く荒馬を苦もなく御している様を何度も目にした。手綱を摑《つか》み、鞍《くら》に座る兄の姿は堂々として凛々《りり》しかった。

「その城之介が馬から落ちて、頭を強く打ち亡くなりました。落ちたところに岩が露出していたのです。信じられない思いでした。今でも信じられないままです」

依子の視線が新吾から栄太の上へと移った。そこに臥《ふ》せっているのが亡くなった長子であるかのように、依子は視線を動かさない。

「城之介は、家に担ぎ込まれてから三日、生きました。目覚めることはありませんでしたが、確かに生きたのです」

ざわめきがよみがえる。その後に続いた静寂も、また鮮やかに思い出された。

二年前、この屋敷を包んだざわめきと静寂《しじま》だ。慟哭《どうこく》、すすり泣き、むせび泣き、祈りの声、足音、叫び……。それらがぷつりと途切れた後、屋敷ごと深い水底に沈んだような静寂が訪れた。

忘れてはいない。日々のあれこれに紛れてはいたが、容易《たやす》く呼び覚まされてくる。

兄は自室に運び込まれ、手当てを受けた。東に位置する継嗣のための座敷だ。兄の死後、西部屋から移るように勧められたが、新吾は断った。母の意向で兄の遺物が手つかずのまま置かれている部屋を使いたくなかったのだ。

あの部屋で兄は息を引き取った。

「三日、生きておりましたよ」

依子は繰り返した。

「生きたかったのです。まだ十五でしたもの。元服を済ませたばかりで、小姓組への出仕も決まり、これからというときでした。生きたかったのです。わたしには城之介の必死の声が聞こえました。母上、まだ死にたくない。助けてくださいとこの母に縋《すが》る声が聞こえたのです」

「母上」

「諦めろと言われました」

「え？」

「医者には……そして、兵馬之介どのにも城之介は助からぬ、諦めろと言われたのです」

そのときの何を思い出したのか、依子の頤《おとがい》が震えた。

「どうして諦めたりできましょう。わたしは母親なのですよ。息子が生きたいと足掻《あが》いておるのに、その命を諦めて、死を迎え入れたりできるものですか」

双眸《そうぼう》が潤む。泣いているのではなく、憤っているのだ。強く暗い怒りに囚《とら》われたとき、依子はこんな眼になる。

「わたしは、兵馬之介どのが憎かった。父でありながら、子の命を諦めろと言う男が憎うてたまらなかったのです。恨みもしました。城之介が力尽きたのさえ、兵馬之介どののせいだと思いました」

「母上、それはしかし……」

「わかっております。あれが城之介の寿命だったのです。落馬したのも、大怪我を負ったのも兵馬之介どのには何の咎《とが》もありません。兵馬之介どのは、ただ、城之介を諦めろと言うただけなのです。でも……でも、わたしはそれが許せなかった。許すことなどできなかった。思えば……」

依子の眼差しが宙を彷徨《さまよ》う。

「あれが、兵馬之介どのとの間にできた、初めての大きな亀裂《きれつ》でした。いえ……兵馬之介どのの御心には、ずっと巴どのがいらしたのですから、亀裂はもともとあったのでしょう。それを糊塗《こと》していた皮が破れ剝《む》き出しになった。あるいは、広がってしまったのです。わたしはまだ……あの日の兵馬之介どのを許しきれないのですよ」

そこで不意に依子は笑んだ。淋《さび》しげな陰りのある笑みだった。

「我ながら刻急で執着の強い女だと呆《あき》れます。でも、許せぬものは許せない。自分の心ながら、どうにもなりませぬ」

ううっと栄太が呻いた。唇が薄く開き、息の音が漏れる。

「栄太！」

にじり寄り、手を取る。

「栄太、しっかりしろ。目を覚ませ。栄太」

瞼《まぶた》がひくひくと動いた。睫《まつ》毛《げ》の先が揺れる。

「耳元で名を呼んで。こちらに引き戻すのです」

依子が濡《ぬ》れた手《て》拭《ぬぐ》いで、栄太の乾ききった唇を押さえた。

「栄太。おれだ。新吾だ。聞こえるか、栄太」

また呻きが聞こえた。さっきより、心なし大きくなったようだ。

聞こえているんだ。

新吾は指に力を込め、傷だらけの手を握り締めた。

「栄太、栄太……目を開けるんだ。帰ってこい、早く、帰ってこい」

瞼がゆっくりと持ち上がる。

「まっ、目を、目を開けましたよ」

依子の声が上ずる。

「柳斎先生を呼んで参りましょう」

立ち上がり、素早く廊下に出ていく。微かな香の匂いだけが残った。残り香は薬湯のとろりと青い匂いと混ざり合う。

「栄太、おれだ。わかるな。新吾だ。栄太、返事をしろ」

半分だけ開いた瞼の下に黒目が見えた。栄太の眸《ひとみ》だ。

「……とば……さん」

「栄太、わかるんだな。大丈夫だぞ。もう、大丈夫だ。気をしっかり持て。助かるからな。おれが助けてやるからな」

「……しょ……じょうを……」

「え？」

「しょ……じょうを……あずか……」

「何だって？　何と言った？」

耳を近づける。

荒い息遣いと熱だけが耳朶《じだ》に触れてくる。

栄太はまた、静かに目を閉じた。目尻《めじり》から一粒涙が零れ、頬を伝っていく。

「栄太……。馬鹿、目を閉じるな。おれを見ろ、栄太」

激しい足音がした。

「新吾、栄太」

弘太郎が飛び込んでくる。

左手に太刀を握ったまま仁王立ちになった。かっと目を見開いた顔が行灯の明かりに、薄ら赤く染まっている。

瞬《まばた》きしない目が栄太を見下ろす。

「何なんだ、これは」

弘太郎が吼《ほ》えた。

「新吾、これはどうしたことだ」

「今、目を開けた。何かをしゃべったんだ。でもまた……」

「栄太」

弘太郎はくずおれるようにその場に膝を突いた。這いながら床に近づいてくる。

「馬鹿野郎、何やってんだ。おまえは……。どうして、どうして、おまえがこんな目に遭わなくちゃならんのだ」

ちくしょうと呟き、弘太郎は歯軋りの音を響かせた。

「仇《かたき》をとってやる。あいつら、このままにしておくものか」

「待て、弘太郎。何をするつもりだ」

「何をする？　決まっているだろうが。あいつらを栄太と同じ目に遭わせてやる。みんな、ぶった斬ってやる」

「落ち着け。今はそんなときじゃない」

「これが落ち着いていられるか。栄太の姿を見ろ。こんな、こんな姿にされて……。あいつら、よってたかって栄太を打ちのめしたんだ。刀を佩《は》いてない、非力な栄太をなぶったんだ。おまえ、それを許せるのか」

許せるわけがない。憤怒の情は身の内で渦巻き、今にも噴き出しそうになっている。けれど、

「誰がやったのか、定かではない」

「おまえ、何を言っている。あいつらに決まってるだろう。昼間出会った藩学のやつらだ。あのときのことを根に持って、栄太を襲ったんだ。そうとしか考えられまい」

そうとしか考えられない。間違いないだろう。新吾自身、ぼろくずのような栄太を目にしたとき、瀬島たちの顔が浮かんだ。

あいつらがやったのだ。あいつらがやったのだ。あいつらが……。

髪の毛が逆立つような激情に息が詰まった。

「卑怯《ひきょう》者だ。鬱憤《うっぷん》晴らしに、一番弱い相手を狙った。栄太が士分ではないことは一目でわかるではないか。農民だから町民だから、何をしても後腐れがないと考えたのだ。卑劣だ。あまりに卑劣だ。武士の、いや、人の風上にも置けぬ輩だぞ、新吾」

自分の言葉に煽《あお》られてか、弘太郎の昂《たかぶ》りがさらに激しくなる。面は明かりのせいばか

りでなく、朱に染まっていた。

「おれは許さん、許さんぞ、新吾」

「わかっている。おれだって同じ思いだ。あいつらには必ず、やったことの償いをさせてやる。しかし、な」

「何だ。何を躊躇《ためら》うことがある」

「弘太郎。今は……今は、栄太の傍にいよう。せめて、島崖から親御が着くまで、おれたちが傍についていよう。でないと、栄太がかわいそうだ」

うぐっ。くぐもった唸りとも返事ともつかぬ声を出して、弘太郎は黙り込んだ。

風の音が聞こえる。虫の音が聞こえる。どちらも、秋のように澄んでいない。それは、この湿った夜気のせいなのか、茫々《ぼうぼう》とした草木のせいなのか、垂れ込める漆黒の闇のせいなのか、新吾には言い当てられなかった。

「栄太は、屋敷の台所口に倒れていた。物音がして、奉公人が戸を開けたら血だらけで横たわっていたのだ。そして、学友であることを告げ、気を失った」

弘太郎に告げる。告げられた方は、それがどうしたという風に眉を吊《つ》り上げた。

「栄太はおれの家を知らない。一度も来たことがないからな。このあたりの武家町の土地勘もほとんどないはずだ」

「……何が言いたい？」

「慣れた道ならともかく、半死半生の身でまるで知らぬ場所に辿《たど》り着けたりするものかなど、そう思ったのだ。まして、夜だぞ」

弘太郎の眉がさらに上がる。

「誰かが連れて来たと？」

「そうとしか考えられん。誰か、鳥羽の屋敷を知っている者が栄太を運んだんだ」

「誰だ、それは」

「わからん」

と答えはしたが、新吾の眼裏《まなうら》に俯《うつむ》いた顔が一つ、浮かんだ。新吾の眼を忌むように身を縮めていた少年の顔だ。

「それと、栄太はさっき、おれに何かを訴えようとした。何かをしゃべろうとしたのだ。よく、聞き取れなかったが」

「それは無念の思いを吐き出したかったのだ。おれたちに仇を討ってくれと……」

弘太郎が口をつぐむ。

「栄太がそんなことを言うわけがないか」

「ああ。正気であっても言わないだろうな」

仇を討ってください。わたしをこんな風にしたやつらに仕返しをしてください。殺してください。傷つけてください。苦しめてください。この苦痛を味わわせてやってください。

栄太がそんな願いを抱くわけがない。争いは知の対極にある。力を以《もっ》て相手を叩《たた》きのめすことを栄太は嫌悪していた。知を磨く。それによって、無用な争いを遠ざけられると信じていた。

弘太郎がため息を吐く。それから、

「栄太は目を覚ましたのだな」

と、問うてきた。無理やり絞り出した苦しげな声音だ。

「うむ。僅かな間だが確かに目を開けた」

「それは助かるってことじゃないのか。一山を越した、死地を脱したということだろう」

「うん……」

そうであってほしい。快復への微かな兆しであってほしい。

栄太はまた、眠ってしまった。呼んでも、目を開けない。新吾に何かを伝えるために、渾身《こんしん》の力で瞼を開けた。声を出した。そんな気がしてならない。

しょ……じょう……。しょじょう。書状。

書状？　書状と言ったのか。

「新吾！」

不意に弘太郎が新吾の腕を掴んできた。骨が軋むほど強い力だ。

「うっ、弘太郎、何を……」

「動いたぞ」

「なに？」

「指だ。栄太の指が、今、動いた」

弘太郎は身を乗り出し、夜具の上の栄太の指に触れた。壊れ物を扱うように注意深く触れた。それから、やはり、そっと持ち上げる。弘太郎に比べると栄太の手はあまりに白く、儚《はかな》げだった。

「温かいぞ」

弘太郎が言う。語尾が震えていた。

「指先が温かい。血が通ってるのだ」

新吾も手を伸ばす。触れる。

ああ、ほんとだ。温かい。

また、兄を思い出した。

「兄上さまに、お別れをなさいませ」

お利紀に促されて、兄の骸《むくろ》に手を合わせた。兄の面は蒼白《あおじろ》くはあったけれど安らかで、眠っているとしか思えなかった。だから、触ってみた。「兄上、お起きください」と揺り動かしたかったのだ。しかし、すぐにその手を引っ込めた。

あまりに冷たかった。その冷たさが言葉にできないほど怖かった。

冷えて冷えて、人は死ねばどこまでも冷えていくのだとあのとき知った。

温《ぬく》もりを失うことは、命を失うことだ。命が消えれば、人としての温もりも消える。

栄太は温かい。

命があるのだ。まだ、何も失ってはいないのだ。

「新吾、おれたちがここにいることが栄太にはわかっているんだな」

「そうだ。わかってるんだ」

遠くから足音が近づいてくる。医者のものだろうか。

栄太の温みを、生きている証《あかし》を誰にも渡さない。

「渡さない」

想いが呟きになる。

弘太郎が深くうなずいた。

七　凪

風が吹いて、土埃《つちぼこり》を舞い上げた。

頭上の枝がざわりと揺れる。

透明な翅《はね》を煌《きら》めかせ、蜻蛉《とんぼ》が目の前を過《よぎ》った。小気味いいほど真っすぐな飛び方だ。

「来るかな」

弘太郎が呟《つぶや》いた。さっきから、何度も呟いている。

「わからん」

新吾も同じ返事を繰り返した。繰り返した後、銀杏《いちょう》の大樹を見上げた。猛々《たけだけ》しい緑が降り注いでくるようだ。この葉が時季が来れば黄葉し散っていくなんて信じ難い。毎年巡ってくる季節の風景なのにやはり信じ難い。

幼いころ新吾は、秋が来ると大男が銀杏の樹を取り換えるのだと思い込んでいた。兄がそう教えたのだ。

「新吾、知っているか？　銀杏には夏用と秋用があるのだ。それで、よい時季になると取り換えるのだぞ。障子や襖《ふすま》と同じだ」

驚いた。障子や襖なら、お利紀たちが替えているのを見た。しかし、樹齢百年を超える大樹を誰が取り換えたりできるのだろう。その疑念を口にして問うた。

「天の大男さ」

兄はさらりと答え、空を指差した。

「土から抜いた銀杏は雲の上に仕舞い込んでおくんだ。枯らさないように世話をするのも大男の役目だ」

「へぇ……」

仰いだ空には、大きな雲が浮かんでゆっくりと流れていた。

あんな荒唐無稽《むけい》な話をよくも、あっさり信じたものだ。

思い出すたびに、兄の作り話の上手《うま》さと幼い自分の素直さがおかしくも懐かしくもなる。

あれはいったい、幾つのときの出来事だったろう。

木々の枝の間を黒い影が跳び交う。瑞々《みずみず》しい緑の葉が、一枚、二枚と落ちてくる。栗鼠《りす》だろうか。

武家町の外れにある神社の境内に新吾と弘太郎はいた。

蟬は姦《かしま》しく鳴き、鳥の羽ばたきは時折鋭く響くが、人の気配はない。石畳の上を土埃が走り、光を弾《はじ》いて輝くばかりだ。

「文には何と書いたんだ」

弘太郎が幹にもたれていた身体を起こす。

「ありのままだ」

「ありのままとは」

「栄太が一昨日、半死半生のままおれの家に辿《たど》り着いた。昨日の朝、薄《うっす》らと目を開け、水を飲んだが今はまた、昏々《こんこん》と眠っている。医者は峠は越したと診立てたが、いつ目を覚ますか、この先、完全に快復するのかどうか確証はない。栄太が暴漢に襲われたことだけは確かな事実だ。その件について貴公と一度、話がしたい。ざっとそう認《したた》めた」

「なるほど。ありのままだな」

「うん……」

栄太はまだ、眠っている。物も言わないし、瞬《まばた》きもしない。しかし、生きていた。間違いなく生きていた。

傍らには島崖から駆け付けた両親が付き添っている。これ以上迷惑はかけられない、倅《せがれ》を家に連れて帰りますとの両親の申し出を依子はぴしゃりと撥《は》ねつけた。

「まだしっかり目覚めてもいない怪我人を駕籠《かご》で運ぶつもりですか。それが、どれほど命を危うくするかお考えなさい」

ほとんど叱責《しっせき》に近いきつい物言いだった。

「しかし、奥方さま」

栄太の父親、島崖村の村長《むらおさ》は身を震わせた。

「お武家さまのお屋敷に、我々のような者がいつまでもお世話になるわけにはまいりませぬ。倅は連れて帰らねば……」

「栄太どのは、新吾の学友でありましょう。そういう者が生死の境におるというのに連れ帰るなどと、許しませせぬ」

「奥方さま」

「動けるようになったらすぐに帰っていただく。それまでは、こちらで預かります。四の五の言うでない。ただし、付き添う者の世話まではできかねます。台所は好きに使うてよいから、自分たちで賄いなさい」

「奥方さま……御礼、申し上げます」

栄太の父と母は涙を浮かべ、平伏した。

「うーん。新吾のおふくろどの、なかなかの女傑だな」

「なかなかじゃすまないかもしれんな」

「しかし、筋は通っている。身分云々《うんぬん》より人の命に重きを置いている。うん、たいしたお方じゃないか。なにより、お美しくあるしな」

「ここで美醜は関わりあるまい」

苦笑する。

母を少し、いや、かなり見直していた。

意固地で我が強く、気難しい。

正直、手に合わぬ女人だと辟易《へきえき》することが度々あった。これからもあるだろう。けれど、栄太や栄太の両親に対する態度は見事だ。弘太郎の言う通り、何よりも人命を貴ぶ姿に打たれる。

それは同時に、人を容易《たやす》く死に追い込もうとする者への怒りに転じた。

許さない。許せない。

新吾は固いこぶしを作る。


「おい、来たぞ」

弘太郎の気配が俄《にわ》かに張り詰めた。新吾も前を向く。

男が神社の石段を上りきったところだった。

枝の隙間から差し込む木漏れ日が、男の顔に斑《まだら》の影を拵《こしら》えている。

「一人か」

弘太郎が視線をあたりに巡らせた。

瀬島孝之進は一人だった。周りには誰もいない。一人で木漏れ日の中に立っている。

孝之進は竹刀袋を二つ、手に提げていた。ゆっくりと近づいてくる。弘太郎が一歩、前に出た。

「一人で来たのか。てっきり、取り巻き連中をぞろぞろ従えてくると思ったが、見直したぞ」

「そっちは二人なわけか」

孝之進が薄く笑う。また少し肥えて、また少し崩れの様が深くなった。孝之進が女遊びに現《うつつ》を抜かし、遊里に馴染《なじ》みの女まで作っていると噂を聞いた。まさかとかぶりを振ったが、年に不釣り合いな崩れを目の当たりにすると、あながち拠り所のない風説でもないのかと思い直す。

「一人で来るのが怖かったのか、鳥羽」

「弘太郎もおれも、栄太の友だ。栄太をあんな目に遭わせたやつらへの怒《いか》りは同じだからな」

「おれを呼び出して、二人で仇《かたき》を討つ気なのか」

薄ら笑いを貼りつけたまま、孝之進が言った。

「おまえは栄太の仇ではあるまい」

孝之進の眉《まゆ》が寄った。口元が結ばれる。

「飯島から聞いた。おまえは、栄太を襲った者の中にはいなかった」

蜻蛉が新吾の肩に止まる。孝之進の視線がすっと横に流れた。

「おれは表には出ん。表であれこれ動き回るのは雑兵よ。おれは後ろで指揮をし、見物をするだけさ」

「栄太を痛めつけろと命じたのか」

「いや。おまえたちが目障りだから除けと言っただけだ。あいつら、一番弱っちいのから手を付けたのだな。つまらんやつらだ」

「おまえの仲間だろう」

「仲間？　まさか。おれに群がって甘い汁を吸おうとしているだけの連中さ。おれが瀬島の倅でなかったら寄り付きもしなかった」

「瀬島。偽るな」

「何だと？」

「おまえは何も命じてはいない。おれたちを痛めつけようなんて考えてもいなかったのだろう。それなのに、周りが勝手に栄太を襲ってあんな真似をした。そうだな」

「……それも飯島が言ったのか」

「そうだ。昨日、聞いた」

蜻蛉が飛び立つ。

新吾と孝之進の間を真っすぐに飛び過ぎる。

飯島日之助は一人、歩いていた。

脇に抱えた風呂敷《ふろしき》包が重い。経書と弁当が入っている。

その弁当を嗤《わら》われた。

中身が貧しいと言うのだ。嗤われただけでなく、顔に押し付けられ、罵倒《ばとう》された。蹴《け》り上げられた。

足蹴にされた身体がまだ疼《うず》く。

日之助には父がいなかった。五年前に石久の城下を襲った大雨のさい、西川の土手が決壊した。奉行所助役として、普請方や人足たちを指揮していた父の勝十郎《かつじゅうろう》は足を滑らせ、濁流に呑《の》み込まれた。三日後に遺体が見つかったが、石や流木にぶつかったせいで鼻も耳も捥《も》げ、右目が潰《つぶ》れた顔様は、ほとんど人のそれではなかった。

お役目中の死であることが考慮され、飯島家は家禄《かろく》を減じられたものの家の存続は認められた。日之助が元服して出仕するようになるまでの仮の待遇だ。

母と祖母、妹二人の五人暮らしは困窮とまではいかないものの、豊かではなかった。つましい日々の中から母は、決して安くはない日之助の月謝を捻出《ねんしゅつ》し、藩学に通わせてくれている。

「出仕が叶《かな》ったとき恥ずかしくないだけの力量は、身につけていなければなりません」

母の口癖だった。父上がいないことで、あなたに肩身の狭い思いはさせない、というのも、繰り返し言われた。意地を張り通す強さと頑《かたく》なさを持つ人だ。

ため息を吐いていた。

貧弱な体軀《たいく》の自分がため息など吐けば、哀れにもみっともなくも他人《ひと》の目に映ると承知している。だから、日之助はなるべく俯《うつむ》かないように、吐息を漏らさぬように、前を向き胸を張って歩くように心がけていた。

しかし、つい俯くことが、情けない長息を吐くことが、このところ多くなった。

気が重い。足が重く、頭が重い。

藩学に通いたくなかった。

何より怖い。

通うことが怖い。通い続けられる気がしない。

「何だ、その飯は」

嘲《あざ》けり声がよみがえる。耳の奥に差し込まれたままなのだ。

藩学の課業日割では素読と経書の講釈の後、中食となる。昼後は槍《そう》、剣、馬、砲、柔、躾形《しつけがた》などの諸技稽古《けいこ》や兵法書の講義、詩文の創作などがぎっしりと並んでいたから、飲室での中食は学生たちにとって、数少ない息抜きの場だった。

一握りの重臣の子弟たちは、畳を敷いた別室で用意された昼飯を食べる。その他は板張りの広間で持参の弁当を広げた。それに不平不満を漏らす者など、むろん、いない。

身分とはそういうものだ。

藩学は、上士の家の者でなければ入学は叶わない。薫風館のように向学の意欲だけを条件にして、門戸を開いているわけではないのだ。そうやって選ばれた家々の子が集う場であるのに、いや、集う場であるからこそだろうか。身分の違い、生まれの差というものをときには暗黙のうちに、ときには公然と思い知らされる。学ぶ者だからみな対等というわけにはいかない。

当たり前のことだ。

生まれながらに人に差があるのは当たり前なのだ、ずっと、そう思ってきた。今でも思っている。けれど……。

笑っていたな。

鳥羽新吾の笑い顔が浮かんできた。

天を仰ぐように笑っていた。楽し気で、澄んでいて、屈託がなくて……。偽りではない、心底からの笑いだ。

鳥羽。あんな風に笑えるようになったんだ。

新吾の笑みを見たとき、笑声を聞いたとき、日之助はやっと安堵《あんど》できた。暗く沈んだ眼差《まなざ》しで横を向いていた新吾は、苦役を課せられた咎人《とがにん》のようだった。見ているのが辛《つら》かった。駆け寄って「元気を出せ」と励ましたかった。一緒に瀬島たちに抗《あらが》いたかった。

何一つ、できなかった。

見て見ぬ振りをした。新吾から目を背け、逃げていた。そういう己を恥じながら、しかし、新吾に寄り添う気力がどうしても出てこなかったのだ。

ほんとに、よかった。

新吾の笑みや明朗な声に安堵すると同時に、羨望《せんぼう》を覚えた。

いいな、あいつ。

屈託なく笑っていた新吾が羨《うらや》ましい。妬《ねた》ましささえ感じる。

薫風館とはどんなところなのか。

心を馳《は》せてみる。

新吾の傍にいて一緒に笑っていた少年たちの一人は下士の家の者だった。もう一人は武家ですらなかったようだ。なのに、まったく同等に語り、笑い合っていたではないか。どこからどう眺めても、睦《むつ》まじい友人同士だった。

身分を超えて人が繋《つな》がっていける。

薫風館はそれを許してくれるのか。

羨ましい。妬ましい。できるなら、おれも……、いや、できるわけがない。藩学に通うからこそ将来がある。やめてしまえば、出仕話そのものがご破算になる危惧《きぐ》さえあった。ここにいて、瀬島孝之進の取り巻きに加わっていれば、前途は安泰とは言わないまでも憂慮は格段に減じる。

父亡き後、飯島家の当主は日之助だ。新吾のように藩学を飛び出すわけにはいかない。年が明ければ十五だ。母たちが待ち望んでいた元服の年だ。

そうだ。おれの生き方はこれでいいのだ。いつまでも笑って生きられるわけもないのだから。

弁当包を広げ、そんなあれこれを考えるともなく考えていた。

「何だ、その飯は」

背後で声がした。忍び笑いが続く。

振り向く。

阿部が立っていた。取り巻きの一人だ。阿部家は飯島の家よりやや上程度の家格だが、瀬島にべったりくっついているからなのか別室で中食を摂《と》っていた。この時刻、飲室にいるのは珍しい。瀬島の機嫌を損ねて追い出されたのかもしれない。

「まさに、箪食瓢飲《たんしひょういん》てやつだな」

阿部が肩を揺すって嗤った。

弁当は握り飯だった。母は日之助の弁当だけには一粒の雑穀も交ぜなかった。白い飯を握り、持たせてくれる。

「おい、無礼な眼付きをするな」

阿部が口元を引き締めた。しゃがみ込み、日之助の肩を摑《つか》む。骨に応《こた》えるほど強い力だった。思わず顔を顰《しか》めてしまう。

「おまえ、瀬島さんにばらしただろう」

「……な、なんのことだ……」

「とぼけるな。あのくそ生意気な鳥羽の仲間に、思い知らせてやったことだ。ずたぼろにしてやった。あのことを差し口したな」

「そ、それは……」

指が食い込む。

痛い。指先まで痺《しび》れる。日之助は奥歯を嚙《か》み締めた。

「……そんなこと……していない」

頰を張られた。床に転がる。口の中に血の味が広がった。何人かの学生がちらりとこちらを見たけれど、誰も何も言わないし、手も出さない。日之助と目さえ合わさないようにしている。

ここではいつもそうだ。火の粉が自分にかからないように身を守る。責められない。日之助もそうだった。新吾の窮地をずっと見捨ててきた。誰も責められない。でも、助けて欲しい。たった一人でいいから「止めろ」と叫んで欲しい。

胸倉を摑まれ、引きずり起こされる。顔に唾《つば》を吐きかけられた。

「おまえのせいで、おれが瀬島さんからどれほど怒鳴られたと思う、罵倒されたと思うんだ。二度と顔を見せるなとまで言われたんだぞ。え？ どうしてくれるんだ。今までのおれの苦労が水泡に帰してしまった。みんな、おまえのせいだからな」

「そんな、おれはただ……」

「こんな、みっともない弁当を持ってきやがって、恥を知れ」

阿部は握り飯を摑むと、日之助の顔面に押し付けた。

「いいか、飯島。このままじゃすまないからな。覚えとけよ」

日之助の腹を蹴り上げると、阿部は飲室から出て行った。

弁当は食べた。

疼く腹に無理やり詰め込んだ。母の握り飯を粗末にはできない。

食べながら涙が出た。

鳥羽もこんなに心細かったんだろうな。

新吾を思う。いや、違うなと心の中でかぶりを振る。

鳥羽は辛かっただろう。苦しかっただろう。でも、恐れてはいなかった。今のおれのように震えながら歩くことなどなかっただろう。あいつは強い。剣も心もしなやかで強い。おれのように容易く折れたりはしなかった。

おれは……おれは、駄目だ。

脇の下から風呂敷包が滑り落ちた。川土手の草の上に落ちる。

川が流れていた。高瀬舟が行き交うほどの深さと幅がある。水量は豊かで、流れは速かった。西川。父の命を奪った川だ。

ここに飛び込めば……。

流れを見詰める。

ここに飛び込めばどうなるか。おれは知っている。

死ぬことで藩学から解き放たれるなら、その方が楽かもしれない。

ここに飛び込めば……。

足が前に出る。

「飯島」

呼ばれた。心の臓の鼓動が激しくなる。呼ばれたからではない。死のうとした自分に気が付いたからだ。

「飯島」

また、呼ばれた。両手をだらりと下げたまま、身体を回す。

鳥羽新吾がそこにいた。

「飯島、大丈夫か」

新吾が腰を屈《かが》め、日之助の顔を覗《のぞ》き込んでくる。

「具合が悪いのではないか」

「あ……」

とっさに頬を押さえていた。この時季だというのに冷えきっている。血の気のない蒼《あお》白《じろ》い面をしているのだろう。

新吾の後ろにいた男が風呂敷包を拾い上げ、渡してくれた。ずい分と大柄な男だ。

このくらいの身体があればな。

包みを受け取りながら、詮《せん》ないことを考えてしまう。

「尋ねたいことがあるのだ。ちょっと、いいか」

新吾の物言いは穏やかで、棘《とげ》も針もなかった。だからだろう。素直にうなずけた。

「じゃあ、ここに座るか。涼しいからな」

川面《かわも》を掠《かす》めて風が吹いてくる。新吾に言われて初めて、風の心地よさに気が付いた。

水面《みなも》に鷺《さぎ》が降り立つ。空を行く鳥は鴇《とき》だろうか。どちらも鮮やかに白い体色が眩《まぶ》しい。

川土手の向こう側には青々とした田が広がっている。土と水の入り混じった匂いが風と一緒に届いてきた。紛れもない夏の匂いだ。

川はときに荒れ狂い、人も土地も田も畑も呑み込んでしまうけれど、豊饒《ほうじょう》を運んできてもくれる。数多《あまた》の命を育《はぐく》みもする。

日之助は土手の中ほどに腰を下ろし、大きく息を吸い込んでみた。

「昨夜《ゆうべ》、栄太が襲われた」

新吾が前置きもなく切り出す。

「おれと一緒にいた小柄なやつだ。でっかいのは、こっち」

「間宮弘太郎だ」

大柄な男はそう名乗っただけで、黙り込んだ。怒りを懸命に抑えているのだろう、頬が強張《こわば》っている。

「幸い一命はとりとめた」

顔を上げる。知らぬ間に俯いていたのだ。新吾と視線が絡んだ。

「……助かったのか」

「ああ。しかし、まだ目を覚まさない。医者の診立てだと、もしかしたらだが、当分、眠ったままかもしれんとのことだ」

「当分とは……」

新吾は前を向き、首を横に振った。

「わからん。明日目覚めるかもしれんし、一月後かも一年後かも……もっとかかるかもしれん」

「……そうか」

「そうかじゃない！」

突然、間宮が叫んだ。土手道を通っていた職人風の男が足を止め、三人を見やる。

「おまえは知らんだろうから、教えてやる。栄太はな、薫風館始まって以来の逸材なんだ。ものすごく頭がよくて、おれたちなんか足元にも寄れないほど多くを知っている。並外れた努力家でもある。島崖村のために、ひいては石久藩のためになくてはならない人材なのだ。それをおまえら、よってたかって」

「弘太郎、やめろ」

新吾が立ち上がり、いきり立つ間宮の肩を押さえた。

「飯島に怒鳴っても仕方ない」

「何が仕方ないんだ。こいつも、あいつらの仲間じゃないか」

「飯島、どうなんだ」

日之助の傍らにしゃがみ込み、新吾はまた覗き込んできた。

「瀬島たちが栄太をあんな目に遭わせたんだな。その中におまえもいたのか。おまえも栄太を殴ったのか、蹴り上げたのか」

語尾が震える。新吾もまた必死に憤りを堪《こら》えているのだ。

「なぜだ、鳥羽」

「え？」

「あいつは百姓の倅なんだろう。なのに、なぜ、そんなに本気になっているんだ。なぜ……」

本気になれるんだ。

「栄太は友だ」

怒りを潜ませた静かな声で新吾は告げた。

「大切な友だ。おれにとっても、弘太郎にとってもな」

間宮が低く唸《うな》る。同意の声なのだろうが、獣の威嚇のように聞こえる。

「友……か」

「うむ、友だ。だからこそ悔しい。腸《はらわた》が煮えくり返る。おれたちの大切な友を傷つけられて……悔しくてたまらないのだ」

日之助は目を伏せた。足元の草をちぎり取る。

そうか、鳥羽、おまえ薫風館でそういう者たちに出会ったのか。

「飯島、栄太をおれの家まで運んだのは、おまえなんだろ」

指から草の葉が落ちた。

「運んだ？」

「違うのか。栄太はおれの家の裏口に倒れていたんだ。しかも、その前に戸を叩《たた》いた者がいたらしい。栄太はその音で奉公人の一人が戸を開けたのだ。でも、栄太はおれの家を知らないし、よしんば知っていたとしても、あの身体で辿り着けるわけがあるまい。誰かが、運んできたに相違ないのだ。だから、おれはてっきり飯島がそうしたとばかり思っていた。飯島より他にいないだろうと……え？ おまえじゃないのか」

「おれじゃない。おれは……怖くて逃げ出した」

唾を呑み込む。苦い味がした。

おれは逃げ出した。

「あの栄太とかいうやつ……、日辰寺《にっしんじ》で江戸からきた町見家の講義を受けていたのだろう。それで帰りを襲ってやろうという話になって……」

「ちょっと待て。何でそのことを知っているんだ」

「跡をつけたやつが……いたのだ。おまえたちが生意気だから思い知らせてやると……。それで、まずは……」

「刀を携えていない栄太を狙ったわけか」

「う……そういう話になって、夜道で待ち伏せして……死ぬほど痛めつけてやろうと…

…。おれ、怖くて……。いくら武士ではないといっても、殺すなんて、そんなことできるわけがなくて……。それで、瀬島さんに止めてもらおうと思って、全てを打ち明けた」

「えっ、栄太を襲ったのは瀬島の命令でじゃなかったのか」

「違う。瀬島さんは何も知らなかった。阿部たちが勝手に恥をかかされただの、身分を弁《わきま》えない無礼者だのと騒いだだけだ。瀬島さんは、阿部たちを止めようとした。でも、間に合わなかったのだ。おれが……おれが打ち明けるのを迷って、愚図愚図していたからだ。おれたちが駆け付けたときは、もう阿部たちはいなくて、あいつだけが転がっていて……。おれ、血だらけの姿を見て、死んでいると思った。そしたら、ほんとに怖くて怖くて……その場から逃げ出したんだ」

「じゃあ、栄太を運んだのは……」

新吾と目を見合わせる。

こんな風にきっちりと他人の目を見詰めたのはいつ以来だろう。

「飯島、よく話してくれたな。礼を言うぞ」

「そんな、おれは……」

何もしなかった。あの血だらけの男を救ってやらなかった。

鳥羽、おれは逃げたんだ。

「飯島。悪いことは言わん、阿部たちから離れろ。平気で他人を苛《さいな》むようなやつらと一緒にいては駄目だ」

「あいつらがどんな仕打ちをするか、よくわかっている。それでも、踏ん張れ。自分で自分を守るのだ。そして、どうしても我慢できなくなったら、おれのところに来い。待ってる」

新吾の顔がぼやける。涙が盛り上がり、目の縁から零《こぼ》れて落ちる。組んだ腕の中に顔を埋《うず》め、日之助は嗚咽《おえつ》を漏らす。

「飯島」

「一人にしておいてくれ。暫《しばら》く、一人に……頼む」

「わかった。でも、無理はするな。藩学だけがこの世の全てではない。それだけは忘れるな」

二つの足音が遠ざかる。

日之助は顔を埋めたまま、声を殺して泣き続けた。涙の分だけ心が軽くなっていく。

自分で自分を守るのだ。

おれのところに来い、待ってる。

新吾の一言、一言を反芻《はんすう》する。

涙を拭《ふ》いて立ち上がったとき、鷺も鴇もどこかに飛び去っていた。川だけが変わらず流れ、涼やかな瀬音を響かせていた。

「おまえなんだな」

新吾は孝之進に半歩、近づいた。

「おまえが栄太を、おれの家まで運んできた」

「知らんな、そんなこと。どこかの誰かの気紛《きまぐ》れではないのか」

孝之進がせせら笑う。

「瀬島、本当のことを話してくれ」

「聞いてどうするのだ。友の仇討ちでも仕掛けるつもりか」

「阿部たちに、償いをさせる。引きずっていっても、栄太と栄太の父母に詫《わ》びさせねばならん」

「はは、無理だ無理だ。仮にも上士の子弟が農民、町人の一人や二人殺《や》ったとしても、さほどの罪にはならん。親の力でもみ消されてお仕舞だ。それをわかっているからこそ、あいつらはあの男を選んだのではないか。さすがに、武家の者を大勢で襲うのはまずいと思ったんだろうな」

新吾は気分が悪くなった。

人の心とはどこまでも堕《お》ちていくものだろうか。まだ元服前の若さなのに、栄太を襲った少年たちの心内は崩れ、爛《ただ》れ、腐臭を放っている。

「瀬島、おまえはどうして栄太を救おうとしてくれたんだ」

「うるさい。つまらぬことを聞くな」

「瀬島」

「勝負しろ」

孝之進が竹刀袋を投げてよこす。

「もう一度、おれと戦え」

孝之進が弘太郎に向かって顎《あご》をしゃくった。

「おい、そこのでかいの。おまえが立会人だ。勝負の行方を見届けろよ」

弘太郎がちらりと新吾を見た。

新吾はうなずき、袋から竹刀を取り出す。

「よかろう。間宮弘太郎、立会人を務める」

その声に呼応するかのように、鳥が甲高く鳴いた。

八　勝負

「はじめっ」

弘太郎の掛け声が境内に響き渡った。

「おうっ」

孝之進は一声吼《ほ》えると、竹刀を正眼に構えた。

剣先は微動だにしない。

新吾も中段に構えをとった。一歩、踏み出す。孝之進が退《ひ》く。

張り詰めた気配が漂う。それを心地よいと新吾は感じた。藩学の稽古《けいこ》場で向き合った一時の昂《たかぶ》りがよみがえる。

気息を確かめる。

僅《わず》かの乱れもない。気持ちは高揚していても、心構えは静かだ。

「とおーっ」

気合が響く。孝之進が一気に間合いを詰めてきた。新吾も前に出る。打ちかかってくる孝之進の竹刀を受け止める。指から腕、肩へと重い手応《てごた》えが伝わってきた。指先まで、微《かす》かな痺《しび》れが走る。微かだ。何程のこともない。

満身の力を込め、弾《はじ》き返す。

「あっ」

孝之進が声を上げ、よろめいた。胸元ががら空きになる。

「いえーっ」

守勢から攻勢へ転じる。新吾の竹刀が風音をたてる。

捉《とら》えた！

そう思った刹那《せつな》、剣先が空を切った。孝之進が素早く、飛び退《すさ》ったのだ。一撃をかわされ、今度は新吾がたたらを踏んだ。とっさに身体を捩《ねじ》り、横に転がる。孝之進が渾身《こんしん》の一打を叩《たた》き込んできた。耳の横で風が唸《うな》る。一瞬動きが遅ければやられていた。

新吾は跳ね起き、再び正眼に構えた。

孝之進が竹刀を立て、右に寄せる。八双の構えだ。

「どくっ、どくっ、どくっ。

どくっ、どくっ、どくっ。

心の臓が鼓動を刻む。汗が流れ落ちる。

新吾の中から、怒りが消えた。焦りも困惑も、後悔の念も消えた。家のことも薫風館のことも、傍らにいるだろう弘太郎のことも、栄太のことさえ消え去った。

一本の竹刀だけが見える。前立のように真っすぐに天を指している。

「えぇーいっ」

「とーうっ」

気合いがぶつかる。竹刀が打ち合わされる。梢《こずえ》を揺らして、鳥が飛び立つ。青い銀杏《いちょう》の葉が散った。くるくると回りながら落ちてくる。

二本の竹刀は弾き、弾かれ、交わり、離れ、また音高く合わさり、素早く離れた。

孝之進の息が荒くなる。新吾も同じだ。心の臓の鼓動はさらに激しくなり、上手《うま》く息ができない。炎天下の犬のように喘《あえ》いでしまう。身体は汗でしとどに濡《ぬ》れていた。

それでも爽快《そうかい》だ。

こんな風にしゃにむに、何も考えず、何にも囚《とら》われず竹刀を振るったのはいつ以来だろう。久しく忘れていた快感が身の内を静かに満たしてくる。

孝之進が一声を腹から絞り出す。その激しさのまま打ちかかってくる。受け止める。力任せに押してくる竹刀を身体を沈めて受け、相手の一瞬の息の乱れを狙い押し返す。孝之進の竹刀が弾かれた格好で上方に伸びる。しかし、その剣は即座にひるがえり、新吾を襲ってきた。

小手だ。

身を引く間はない。新吾は孝之進の懐に飛び込む。肉を打つ手応えと肉を打たれた衝撃が同時にきた。手から竹刀が滑り落ち、地面に転がる。

指先から脳天まで痺れが走る。

束の間、目の前が暗くなり、気が付けば膝《ひざ》をついていた。

「それまで」

弘太郎の声が耳にこだました。汗が染みて、目を開けていられない。むろん、言葉など何一つ出てこない。ただ、荒い息を繰り返すのみだ。

敗れたか、それとも……。

「おい、大丈夫か」

しゃがみ込んだ新吾の脇を、弘太郎が急ぎ足で通り過ぎる。

「動けるか、おい。しっかりしろ」

弘太郎の呼びかけ声が聞こえてきた。

汗を拭《ぬぐ》い、顔を上げる。息が苦しくて口を開けると、汗が流れ込んできた。舌の先が縮むほど塩辛い。

弘太郎が孝之進を抱え起こしていた。孝之進の顔は蒼白《そうはく》で、頬のあたりが細かく震えている。

「うぐ……っ」

くぐもった呻《うめ》きが唇から漏れ、孝之進はさらに表情を歪《ゆが》ませた。

「せ……瀬島。だい……じないか」

這《は》うようにして、近づく。振り返った弘太郎が軽くうなずいた。

「おまえの一撃をもろに脇腹にくらったからな。相当なもんだろう」

にやりと笑い、弘太郎は続けた。

「真剣でやり合わなくてよかったな、新吾。もし、やっていたら絵に描いたような相打ちになっていたぞ」

「……相打ちか」

「そうだ。つまり、この勝負は引き分けだ。立会人として申し渡す。異存はないな」

「ああ、ない」

袖《そで》をくくっていた紐《ひも》を解く。指が痺れて、それだけの動作がひどく難儀だった。

「瀬島。貴公はどうだ？　うん？……何だって」

耳を寄せようとした弘太郎の胸を瀬島が押した。まさか、そんな反撃をくらうとは思ってもいなかったのだろう、うわっと叫んで、弘太郎が尻餅《しりもち》をつく。

瀬島がよろめきながら立ち上がった。紐を毟《むし》り取り、投げ捨てる。

「何が……異存はない……だ。ふざけやがって……」

咳《せ》き込み、痛みに唸り、孝之進は暫《しばら》く無言で立っていた。

「おい、無理をするな。あばらの骨に罅《ひび》が入ってるかもしれんぞ」

「それが、どうした。あばらの……一本や二本……どうなっても、構うもの……か」

「だから、変な痩《や》せ我慢をするなって。そんなもの、するだけ損ってもんだ。早く医者にでも診てもらえ」

「うるさい」

孝之進が喉《のど》の奥で怒鳴った。本当は、四方に響く怒鳴り声を出したかったのだろうが、脇腹の疼《うず》きに抑え込まれたようだ。

顔の右半分がくしゃりと歪む。

「つっ……。余計なお世話……だ。放って……おけ」

「そうはいかんさ。おれは立会人だからな。堂々と戦った剣士に対して、礼は尽くさねばならん。どこをどう痛めていようが関わりないとは、口が裂けても言えん」

「言えんなら……黙ってろ。うるさい……」

顔を歪めたまま孝之進はよたよたと動き、転がっていた竹刀を拾い上げた。一挙一動がぎごちなくも危なっかしくもある。それでも、孝之進は自分の足で歩き、石段を下りようとした。その背中を呼び止める。

「瀬島」

孝之進は振り向かなかった。しかし、足は止めた。

「なぜ、おれと勝負を？」

打たれた手首を押さえ、新吾も立ち上がった。足元がふらついた。弘太郎が後ろから支えてくれなければ、不様に転んでいたかもしれない。

「……気紛《きまぐ》れだ」

ややあって、孝之進が答えた。

「気紛れ？」

「そうだ……気紛れにけりをつけたくなった。それだけだ」

けりをつける？　それなら、孝之進も同じだったのか。稽古場でのあの一番に拘《こだわ》り続けていたのか。

ゆっくりと身体を捩り、孝之進は面を新吾に向けた。薄笑いを浮かべている。

「鳥羽……どこに行ったって逃れられはせんさ」

「え？」

「藩学だろうが薫風館だろうが……どこで何を学ぼうとも……何一つ、変わりゃしない。おれたちの進むべき道は生まれたときから定まっている。どんなに足掻《あが》いたって、そこから……逃れられるものか……」

「おまえは逃れたいのか」

孝之進の肩が上下した。日が雲に隠れた。風景が唐突に陰る。鬱蒼《うっそう》と茂った木々の間から、妙に冷え冷えとした風が吹いてきた。汗が一気に引いて、身体から熱を奪う。

新吾は身震いし、目を閉じた。

腕がずくりと疼いた。

目を開けたとき、孝之進の姿はなかった。耳を澄ませば、石段を下りていく重い足音が聞こえる。

「何だか、難しいやつだな」

弘太郎が鼻の横をこする。

「取り巻きに囲まれて天狗《てんぐ》になっているのかと思えば、そうでもなさそうだしなあ。栄太を鳥羽家まで運んで素知らぬ振りをして、そこを問い詰めると急に勝負しろときた。竹刀を用意してきたってのは、つまり、端《はな》からおまえと手合わせする気だったたってことだよな。あれこれ言われ、かっとなって喧嘩《けんか》を売ったわけじゃない」

「うむ……」

「栄太の件に関わっていないのなら、そう釈明するだけでいいわけだし……。いや、そもそもおれたちの呼び出しに応じることなんかなかったんだ。知らぬ振りをして放っておけばよかった。腐っても中老の倅《せがれ》だ。町人の生き死にに関わって詮議《せんぎ》を受けることは、まずあるまい」

首肯する。弘太郎の言う通りだ。栄太の一件が、孝之進の身辺に波紋を投げかけるとは考え難い。暴行に加わっていれば父親から叱責《しっせき》ぐらいは受けるかもしれないが、その程度のものだ。ましてや、孝之進は手を下してはいなかった。あれは、阿部たちだけの愚挙だ。まったくとは言わないが、孝之進に咎《とが》はない。

「新吾」

「何だ」

「おまえ、瀬島に勝負を申し込まれるとわかっていたのか」

弘太郎と視線が絡んだ。引き締まった硬い眼付きだった。

「いや……どうだろうか」

自分の心の内をまさぐってみる。わかっていたというよりも……。わかっていたような気もする。

気紛れにけりをつけたくなっただけだ。

孝之進はそう言った。あの一言が、全てだ。

「おれも、もう一度、瀬島と勝負したいと思っていた。どこかで決着をつけたいと望んでいたんだ。でも、それは……おれが藩学での来し方に、おれなりの折り合いをつけたかったからだ。だから、正直、瀬島がおれとの勝負に拘っていたなんて考えてもいなかった。弘太郎、おれはずっと、瀬島を蔑《さげす》んできた。親の威光を笠《かさ》に着て、好き勝手に振る舞う愚か者だと」

「うん。まあ、そういう一面が無きにしも非《あら》ずだろう」

弘太郎があっさり言い切る。

「取り巻き連中にちやほやされて、いい気持ちにもなっていただろうし、虎の威を借る狐だった面も確かにあるさ」

「手厳しいな」

「はは。おれだって親父さまが重臣であったなら、同じように振る舞ったさ。残念ながら借り受ける威がなかったもんで、こうなった」

冷えた風を突き破って、弘太郎の笑声が広がる。この屈託のない軽やかな笑いを久々に聞いた。栄太の生が確かになるまでは、弘太郎の頬は強張《こわば》って笑みを作るどころではなかったのだ。

「よかったよ。おまえが重臣の倅でなくて」

「まあな。おれもそう思う」

弘太郎がまた、にやりと笑った。

「いい勝負だったな、新吾」

「うむ」

「おまえも瀬島も、実にいい面構えをしていた。本物の剣士の面構えだったぞ。見ていて晴れやかな心持ちになった」

「うむ」

「瀬島はそういう場に臨みたかったのかもしれないな」

「うむ」

弘太郎が眉《まゆ》を寄せ、わざと渋面を作る。

「何だ さっきから、出来の悪いからくり人形じゃあるまいし、うなずいてばかりでどうする」

「いや、間宮先生の解釈があまりに深いので聞き惚《ほ》れていたのだ」

「然《さ》もありなん。おれほど人に対しての洞察の鋭い者は世間広しといえども、そうそうおらん。自分で言うのも何だが、まさに逸材よ。そうだ、一度、きちんと講義してやる」

「それはまあ……遠慮しておこう。講義の最中に教授の方が居眠りしていたなんて羽目になりかねない」

「ぬかせ」

光が再び降り注いできた。

風は強く、見上げれば雲が走っていた。走る雲と競うように、鳥の一群れが真っすぐに飛んでいく。何という鳥だろう。

逃れられはせんさ。

孝之進の別の一言が思い出される。

瀬島は何から逃れようとしているのだ。瀬島家の後嗣として生まれた定めからか。己からか。取り巻き連中からか。

わからない。

わかっているのは、傲慢《ごうまん》で卑劣だと侮蔑《ぶべつ》していた瀬島孝之進の内に、自分と同じ人としての足掻きや剣に対する真摯《しんし》な想いが埋もれていた、それを見通すことができなかった、それだけだ。それを知っただけでも、大きな収穫のような気がする。

人は深い。幾つにも道分かれした迷路のようにややこしい。捉え難い。だから……。

新吾はこぶしを握った。

手前勝手に相手をわかったつもりにはなるまい。こんなやつだと決めつける愚は犯すまい。

そう、人は深く、ややこしいのだ。

それを忘れまい。

なあ、栄太、おまえの目が覚めたら、今日のことを話して聞かせてやるからな。おまえがどう答えてくれるか楽しみだ。

昏々《こんこん》と眠り続けている栄太に語り掛ける。

答えを聞かせてくれ、栄太。おまえの心が捉えた人というものを、おれと弘太郎に教えてくれ。

栄太の声が聞きたい。

不意に想いが突き上げてきた。

決して乱れも荒れもせず、控え目に語るあの声が聞きたい。

鳥羽さん、それは違います。

わたしは町見家になりたいのです。いえ、必ずなります。見ていてください、鳥羽さん。わたしは島崖の地を豊饒《ほうじょう》の地に変えてみせますよ。

花にも草にも木にも一つ一つ、名前がある。それって、実はすごいことじゃないでしょうか。

鳥羽さん、鳥羽さん……。

栄太。

こぶしを握り続ける。痺れは徐々に治まったが、鈍い疼きは残っている。ずくずくと伝わる痛みは、生きている証《あかし》のように感じられた。だから、少しも不快ではない。

栄太、早く目を覚ましてくれ。おれに教えてくれ。伝えてくれ。一緒に語らってくれ。栄太。

背中を叩かれた。

「新吾、せっかく神社にきたんだ。栄太の快復を祈願しようぜ」

弘太郎が人気のない拝殿を指差す。流造《ながれづくり》と呼ぶものだろうか、反りのある屋根の前流れが長く伸びて向拝となっている。柱も階《きざはし》も壁も色褪《いろあ》せ古びてはいるが、造りそのものはどっしりとして威厳があった。

「賽銭《さいせん》がないから柏手《かしわで》だけは派手にしようぜ」

「なんだ、それ」

苦笑いしてしまう。

弘太郎はいつも、こうだ。新吾の内側を見透かしたように、心を軽くしてくれる。

手を合わせ、頭《こうべ》を垂れる。

祭られている神体がどのようなものなのか知らないが、人の身としては懸命に祈るしかない。

木漏れ日の差し込む拝殿の前で、新吾と弘太郎は、祈り続けた。

家に帰り傷の手当てをしている最中、お豊が客の来訪を告げた。

「佐久間先生が」

弘太郎と顔を見合わせていた。

薫風館学頭、佐久間平州。

若いころから藩内随一の秀才と謳《うた》われ、齢《よわい》十六にて藩学の句読師助教に選ばれ、江戸は昌平黌《しょうへいこう》にて学び帰藩した後、薫風館の学頭となった人物である。

薫風館の伸びやかな気風は、平州の代になって花開いたと言われる。物腰も口調も穏やかではあるが、ひとたび教授の場に立つと、獅子《しし》の如く猛ると恐れられてもいた。つい気を散らしていた学生を竹刀で幾度も打ち据えたとか、主筋の重臣の倅を平手打ちにしたとか、夏の盛りに、二刻にわたり休むことなく講義を続けたとか、逸話には事欠かない。

新吾たちはまだ、授業を受けられる身ではなかったが、ただ、栄太だけは年長生の講義に交じることを許されていた。今回、江戸の町見家を紹介したのも平州だと聞いている。それだけ、栄太に目を掛けていたわけだ。

怪我をしたと聞いて、様子を見に来たのもうなずける。お豊によれば、新吾の帰る四半刻《はんとき》ほど前に訪れたという。

「学頭は今、どこにおられる」

「はい、奥の座敷にお通ししました。栄太さんのお顔が見たいとおっしゃいましたので。奥さまのお許しを得て、そのように取り計らいました」

「そうか」

栄太の父母は、島崖に引き揚げている。栄太の状態が安定したのを見計らって一旦《いったん》帰り、母親だけが明日、看病に出向く手筈《てはず》になっていた。名主とはいえ荒蕪地《こうぶち》の広がる島崖の農民だ。決して楽な暮らしをしているわけではない。栄太を薫風館に通わせるために、両親が血の滲《にじ》むような苦労をしていると、栄太本人から聞きもした。雑草の始末、水の管理、害虫や稲の病との闘い。これから刈り入れの季節まで、田にへばりついていなければならないはずだ。働き手は一人でも多い方がいい。栄太にずっと付き添うわけにはいかないのだ。依子が鳥羽の家での治療を強く勧めたのも、そのあたりの事情を呑《の》み込んでいたからだろう。

「母上は、いかがされた」

問われ、お豊が首を捻《ひね》る。

「さあ……お部屋にこもられてはいるようですが、別段、ご挨拶《あいさつ》にお顔を見せられはしませんでした。ただ、お客さまの望まれるようにせよと言いつかりましただけです」

「そうか」

母上らしいなと、思う。

依子にとって、教授であろうと学頭であろうと、その学頭がかつて秀才の名を恣《ほしいまま》にした当代随一の学者であろうと、薫風館のものであるのなら、藩学の下に当たるのだ。町人も通う郷校の長などに、わざわざ対面することはないと考えたのだろう。真摯《しんし》に栄太の世話に当たるかと思えば、権高に周りを拒む。依子の内にも一筋縄ではいかぬややこしさがある。そして、おそらく、依子本人が我が身のややこしさを持て余しているのだろう。

新吾と弘太郎は、奥の座敷に向かった。

鳥羽の屋敷の中はしんと静まり返り、味噌《みそ》小屋に巣を掛けた燕《つばめ》だけがさかんに囀《さえず》りを交わしている。

「失礼、つかまつります」

腰を落とし、障子を開ける。

薬の青臭さが鼻をついてきた。

「鳥羽か、留守の間に上がり込んで、邪魔をしておる」

平州が頭を下げた。

総髪の鬢《びん》に白髪が目立つものの、眼の光は生き生きと明るく、それが四十二という年よりもかなり平州を若く見せていた。

「いえ、こちらこそ、留守にいたしまして申し訳ございません」

「何の約定もなく参ったのだ、留守なのもいたしかたなかろう。もう半刻ばかりいて、そなたが帰らねば会わずに辞すつもりだった。会えてよかった。よかったが……」

平州の面長が曇る。

「栄太は、なぜ、こんなことになった」

新吾の後ろで、弘太郎が身じろぎした。

「話してみろ、鳥羽。間宮もだ」

新吾はともかく、まだ、一度も受講生になっていない弘太郎の苗字《みょうじ》を平州はさらりと口にした。学頭は学生全員の顔と名前を憶《おぼ》え、過たず一致させられるとの噂はあながち流言飛語ではないらしい。

新吾は師の前に正座し、事のあらましを語った。

聞き終え、平州は黙り込む。ややあって「そうか」と低く答えた。

「では、栄太は藩学の者たちに襲われたわけだな」

「そうです。間違いありません。襲った者たちの見当もついております。みな、藩学の学生たちです」

「確かか」

「はい。心当たりに確かめました」

平州は腕組みをし、学生かと呟《つぶや》いた。

「どこにでも、卑劣な輩《やから》はいるわけだ。学んでいる者だから清いとは言い切れん。辛《つら》い話だが……。卑劣な輩の卑劣な企み。そこに巻き込まれた栄太は災難だったな」

災難？　先生はこの事態を災難で済ますおつもりなのか。

栄太と阿部たちとの身分の差はわかっている。だからといって、災難でお仕舞にできる話ではなかった。

「わたしのせいです」

奥歯を噛《か》み締める。

「わたしが、栄太を巻き込みました」

あのとき一緒に歩いてさえいなければ、栄太が目をつけられることはなかった。その前に、阿部たちとおれの関わりがなければ……。おれが災厄を引き寄せたようなものだ。

「荷物はどうした」

平州が問うてきた。つい、伏せてしまった顔を上げる。

「荷物と申されますと？」

「栄太の荷物だ。講義を聴きに行ったのだから、それなりの荷物は携えておっただろう」

「あ、はい。それは……」

栄太の傍らに転がっていた風呂敷《ふろしき》包は、お豊が拾っていた。風呂敷は血に汚れ、異様に臭ったので、栄太の母に断り捨てたはずだ。その後は……、その後はどうなっただろうか。とんと、覚えがない。

そこにお豊が茶を持ってあらわれた。

「お荷物でございますか」

新吾に問い質《ただ》され、お豊は黒目を左右に揺らした。思い出そうとしているのだ。あの夜とあの夜に続く数日は、あまりに慌ただしかった。医者だ薬だとお豊はよく走り回ってくれた。読めもしない難し気な本のことなどすっぽり抜け落ちていても仕方ない。新吾だとて、栄太の荷物に僅かの気も配らなかった。それは、栄太の両親も同じで、二人から荷物の行方を尋ねられた覚えは、ついぞない。まさか、見舞いに来た学頭から問われるとは思ってもいなかった。

「ああ、ございます。ございます。そのまま、わたしがお預かりしております。お待ちくださいませ」

お豊は部屋から飛び出すと、間もなく、藍《あい》色の包みを抱えて戻ってきた。

「これでございます。風呂敷だけは新しいものに替えましたが、中身には手を付けておりません。包み替えるときに、何やら難しそうだと思っただけでございます」

忘れていた言い訳をするかのように、お豊は過分にしゃべり、そそくさと姿を消した。

藍色の風呂敷を解く。

和綴《わと》じの帳面と数冊の書が出てきた。平州がぱらぱらとそれらをめくる。帳面には栄太の筆致でびっしりと文字が書き込まれていた。内容は解せなくとも、栄太がどれほど真剣に学ぼうとしていたか、一目で見て取れた。

また、涙が零《こぼ》れそうになる。

こんな真摯な想いを、これだけの知力を潰《つぶ》していいわけがない。天がそんな理不尽を許すわけがない。指を握り込めば、傷がまた強く疼いた。

「これは、わしが預かろう」

平州が素早く、風呂敷を結わえる。

「え？　しかし、これは栄太の荷物ですが」

「栄太が目を覚ませば、むろん返す。それまでは、わしの手元に置いておく」

「しかし……」

「実はこの書は貴重なものでな。わしが栄太に貸したものだ」

「先生、それでは」

背後で弘太郎が声を荒らげた。

「先生は栄太を見舞ったのではなく、その荷物を取りに来たわけですか」

声音に怒りが混ざる。

当然だ。新吾自身、戦慄《わなな》くような憤りを覚えていた。

新吾たちと違って、栄太は薫風館きっての秀才として特別な扱いを受けてきた。平州自らが室《へや》に呼んで講義したこともある。栄太が江戸に出ればその後ろ盾となるのも、この人物だろう。それほど目を掛けてきた教え子が山は越したとはいえ、まだ予断を許さぬ状態で横たわっているのだ。どれほど貴重な書物か知らぬが、気に病む方向が明らかに間違っている。

平州が眉を顰《ひそ》める。暫く新吾と弘太郎を交互に見詰め、声を潜めた。

「案ずるな。栄太は必ず目を覚ます。また、薫風館で学べるようになる。もう少しの辛抱だ」

すっと身を寄せて、そう囁《ささや》く。

「なぜ、断言できます。先生は医者ではない」

つい、言葉が尖《とが》ってしまう。しかし、平州はいっかな気にした風は見せなかった。

「わしは確かに医者ではない。病のことも傷の手当ても知らぬ。しかし、栄太のことならわかる。断言できる。栄太は近いうちに目を覚まし、快復していくぞ、鳥羽」

「なぜです。なぜ、言い切れるのです」

その場逃れの安易な気休めなら、口にしないでもらいたい。懸命に死と闘っている栄太に無礼だ。

「栄太は学問をする者だからだ」

「は？」

「己の道を己で定め、突き進もうとしている。貪欲《どんよく》に学び、それを現《うつつ》に生かそうとしている。のう、鳥羽。人は本来、二つの異なる力を具《そな》えておる。何と何か答えられるか」

唐突な試問に新吾は返答できなかった。

「……いえ」

「間宮はどうだ」

「わかりません」

「即答か、考える振りぐらいしろ」

平州は苦笑し、自分の胸をこぶしで軽く打った。

「身体と魂。それぞれに力が宿る。どちらの力も図抜けて強ければ英雄、豪傑の類《たぐい》となれる。が、そういう者はめったにおらん。栄太の場合、身体はさほど強靭《きょうじん》ではあるまい。しかし、魂は剛力だ。どんな困難が待ち受けていても、それを撥《は》ね除《の》ける強さを具えておるのだ。そして、人を死から生へと連れ戻すのは身体もさることながら、魂の力に負うところが大きい。生きることを諦《あきら》めぬ者、現に進むべき道を見つけた者は強い。そう容易《たやす》くは負けぬ」

そうだろうか。

平州の言葉を鵜呑《うの》みにはできない。ただ、縋《すが》りたい気持ちにはなる。

先生のおっしゃる通りであってくれ。栄太の魂が、死を追いやるほど強いものであってくれ。

「この書物は日の本に二冊とない貴重な書物なのだ。紛失すれば、栄太自身の学びにも障ることとなる。わしが、確かに預かっておく」

風呂敷包を脇に、平州が立ち上がる。部屋を出て行く。やはり、栄太ではなく包みの中身を手に入れることが目途だったのか。そう勘繰ってしまうほどの急な足取りだった。

それほど貴重な物なのか。

疑念がわく。慌てて回収しなければならぬほど貴重な物を、いくら愛弟子《まなでし》とはいえ、易々と貸し与えるだろうか。

疑念は膨れ、膨れ、黒い塊になる。

先生は別の何かを、栄太の荷物の中に捜していたのでは。

そこまで思案して、新吾は叫びそうになった。

思い出した。

……しょ……じょうを……。

一度、薄《うっす》らと目を開けたとき、栄太は呟いた。

……しょ……じょうを……あずか……。

しょじょう……書状か。書状。

栄太は誰かから書状を預かった。平州が手に入れようとしていたのは、それではないのか。

馬鹿な。何を考えている。

己を嗤《わら》おうとしたが唇はぴくりともしなかった。疑念は黒い塊のままだ。

薫風館を探れ。

父の命じた一言が疑念の上に被《かぶ》さってくる。

薫風館。あの場所で何が起こっているのだ。起ころうとしているのだ。

新吾は学頭の去った廊下を一人、見詰めていた。

九　凱風

夜半から降り続いた雨が上がり、雲の切れ間から光が真っすぐに降りてくる。そんな朝だった。

光に炙《あぶ》られるのか、緑が濃く匂う。花のように甘やかでもなく、紅葉のように柔らかでもない。胸の奥底まで斬り込んでくる、そんな猛々《たけだけ》しい匂いだ。

明け方、新吾は夢を見た。

嫌な夢だった。嫌な夢という他に何も覚えていない。何か得体の知れないものに追いかけられていたようでもあるし、刑場に引き出され、左右から槍《やり》で突かれたようでもあるし、小さな虫に変じて這《は》い回り誰かの草鞋《わらじ》の裏で踏み潰《つぶ》されたようでもある。

どれにしても悪夢だ。気味が悪い。

目覚めたとき、汗をびっしょりとかいていた。夜はとっくに明けて、障子が白く輝いている。

緑が匂う。

よもや、この匂いに酔ったわけではあるまい。

そこまで考えて、新吾は飛び起きた。

栄太！

不吉な想いが過《よぎ》る。鼓動が激しくなり、息が詰まる。

悪夢。気味が悪い。不吉、不吉、不吉……。

まさか、栄太が。

廊下に走り出る。出たとたん、衝撃が来た。人の肉の応《こた》えだ。「きゃっ」、「うわっ」。

二つの叫びが重なる。

新吾は足を踏ん張り、辛うじて転倒を免れた。代わりのように、派手な音をたて、お豊が後ろに倒れ込んだ。

「あ、いたたたた」

「お豊、大丈夫か」

「……大丈夫じゃございませんよ。腰を打って……あいたたたた」

「腰じゃなくて尻だろう。お豊の尻なら心配ない。たっぷり肉がついているから骨に障りはないはずだ」

「まあ、憎たらしいことをおっしゃって。いけませんよ、不意に飛び出したりなさっては。お利紀さまなら、間違いなく骨が折れておりました」

「すまぬ」

新吾は素直に謝った。確かに、お利紀なら痛がるぐらいではすまなかったろう。非は胸騒ぎに慌てた新吾にある。

早朝の、明るく瑞々《みずみず》しい風景を眺めていると、曖昧《あいまい》な夢に慌てふためいた己が恥ずかしくなる。

よっこらしょと気合いを入れて、お豊が立ち上がる。両手で尻を何度かさすった。

「新吾さま、奥さまがお呼びでございますよ」

「母上が？　こんな早くからか」

「はい。目を覚まされた様子でございます」

「え？」

「ご学友ですよ。先ほど気が付かれました。きゃっ」

お豊がまた悲鳴を上げた。新吾が押しのけたのだ。

「新吾さま。もう、乱暴が過ぎます」

お豊の文句など耳に入らない。奥に急ぐ。

「栄太」

座敷に飛び込み、そのまま足が止まった。

栄太が依子に抱きかかえられ、上半身を起こしている。

目を開けていた。目を開けて、新吾を見ている。

「……鳥羽さん」

腕がゆっくりと持ち上がる。何かを求めるように指先が動いた。

「栄太、栄太。やったぞ、よくやった」

依子の一喝が響く。栄太の腕を摑《つか》もうとしていた新吾は、腰を浮かし腕を伸ばした不格好なまま固まった。

「落ち着きなさい」

「あはっ」

栄太が笑う。か細い、すぐにも消えてしまう笑声だったが、笑声には違いない。胸の底から熱いものが込み上げてくる。

「今、目が覚めたばかりです。ずっと眠っておったのですよ。荒く扱ってはなりません。身体に障ります」

「あ、はい」

新吾はその場に、ぺたりと尻を落とした。

「背筋を伸ばしなさい」

また、叱咤《しった》が飛んでくる。飛礫《つぶて》のようだ。本物の飛礫なら避《よ》ける術《すべ》もあるのだが、声の飛礫は目に見えず避けようもなく、もろにぶつかってくる。

「武士の子弟たる者が他人の前で居住まいを崩して何とします。気を引き締めなさい」

「はい」と答えたものの納得はいかない。

母上とおれと栄太。ここには三人しかいないではないか。他人とは栄太のことか？　栄太になら、だらしない格好も情けない姿も山ほど見せてきた。愚痴もたっぷり聞いてもらったし、想いも語り合った。今更、居住まいを正すような仲じゃない。

この頭の固い、口煩《くちうるさ》い、人を叱ることしかできないくそ婆《ばばあ》め。

胸の内で悪態を吐くのだが、目の前の栄太の笑顔が眩《まぶ》しくて、悪罵《あくば》はたちまち色褪《いろあ》せてしまう。

「代わりなさい」

「はい？」

「この者の背を支えておるのです。よいですか、静かにですよ。暫《しばら》く起こしていたら、横にさせなさい。無理はいけません。身体に負担がかからぬよう心を配りなさい。わかりましたね」

「あ、はい。かしこまりました」

栄太の背に腕を回す。温《ぬく》もりと同時にごつごつした骨の手応えが伝わってくる。もともと華奢《きゃしゃ》だった栄太の身体は、さらに肉が削《そ》げ、一回り縮んだようだ。

それでも温かい。命ある者の温もりだ。泣きそうになる。泣いたりすれば依子からまた言葉の飛礫が飛んでくるとわかっているから、新吾は目の奥に力を込めて堪《こら》えた。

「わたしは少し休みます」

依子が立ち上がった。淡い藤色の小紋の裾《すそ》が畳の上を滑る。微《かす》かな衣擦《きぬず》れの音と雀の囀《さえず》りが絡まり合い、耳に心地よく響く。

「あ、母上。柳斎先生を」

依子は振り向き、ちらりと息子を見やった。

「もう、呼びにやらせておりますよ。この者の親にも報《しら》せを出しました。あなたが案じることは何一つありません」

「あ、これはご無礼をいたしました」

頭を下げる。上げたとき、依子は既に去っていた。

「ふうっ」思わずため息を漏らす。

「驚いただろう。母上はいつもああなんだ。人を妙に引き締める。緩むということが嫌いなんだろうな。けっこう、疲れる」

おや、早々に愚痴ってるな。

苦笑いが浮かぶ。栄太が身じろぎした。

「母上さま……泣いて、くださいました」

「え？」

「……目が覚めて……ここがどこだかわからなくて……そしたら、母上さまが傍にいてくださったのです……」

「母上が傍に？」

いつ目を覚ましてもいいように、新吾はずっと栄太の傍についていたかった。それを叱ったのも依子だ。

「眠りとは武士としての英気を養うためにあります。いいかげんにしてはなりません。

部屋に帰って眠りなさい。この者が気になるなら、お豊でもお利紀でも、交代で番をさせます」

いつものように、有無を言わせぬ口調だった。しぶしぶ従った。栄太の命は一先《ひとま》ず救われたし、疲れてもいた。正直、ぐっすり眠りたい欲もあったのだ。しかし、母が付き添っていてくれたとは思いもしなかった。

「きっと……夜通し、付き添ってくださった……。目が覚めて、光が眩しくて……『朝、ですか』ってお尋ねしたんです。なぜ、ここにいるのか、ここがどこなのか、この美しいお方が誰なのか……わからなくて……今も、まだ頭がぼんやりしています……」

栄太が長い息を吐く。

「あまりしゃべるな。疲れるだろう。横になるか」

栄太はゆっくりとかぶりを振った。

「いえ……もう少し、しゃべらせてください。もう少しだけ……。母上さまが教えてくれました。ここが鳥羽さんのお屋敷であること、わたしが血塗《ちまみ》れで倒れていたこと、生き死にの境をさまよったこと……みんな、教えてくれて……そして、泣いてくださったんです。『よくぞ生きてくれた』と……泣いてくださった」

「そうか……」

そうかとしか言えなかった。

そうか、母上が泣いたのか。栄太のために泣いてくれた。

そういう優しさを、脆《もろ》さを、些《いささ》かも見せない、見せることを恥と考える人だ。涙を隠して、妙に頑《かたく》なになる。

胸の内とはいえ、罵《ののし》ったことを申し訳なく感じた。

「鳥羽さん……わたしは、どうして……襲われたんでしょう……。何があったんでしょうか……よく、わからなくて……。考えれば考えるほど曖昧になってしまうんです。大切な……とても大切なことがあったはずなのに、それが何か……思い出せないのです」

栄太の表情がくしゃりと歪《ゆが》んだ。苦しそうだ。

「考えるな。今はあれこれ考えるときじゃない。ともかく、身体の快復に励め。ゆっくり寝て、たくさん食って、力を蓄えるんだ。その他のことは全部、余計なことなんだ。さっ、横になれ。あ、喉《のど》は渇かないか。白湯《さゆ》を飲むか」

「鳥羽さん……」

栄太が不意に新吾の手首を摑んできた。思いの外、強い力だ。

「生きていたかった……。死にたくなかった……」

「栄太」

「わたしは生きて、やりたいことが……あるんです。生きて……。死ぬわけにはいかなかった……。鳥羽さん、ありがとうございます。ありがとう……ございます」

新吾の手の甲に栄太の涙が落ちる。それもまた、熱い。

「鳥羽さんのおかげで……生きながらえた。一生、忘れません」

「馬鹿。つまらぬことを言うな」

栄太を叱りつける。依子のようにぴしりと決まらない。

「おれは何にもしていない。ただ、おまえが生き延びてくれるようにと祈っただけだ。それくらいしかできなかった。栄太、おまえ自身の力だぞ。おまえの生きようとする想いが死を上回ったのだ。勝ったのだ」

生きることを諦《あきら》めぬ者、現《うつつ》に進むべき道を見つけた者は強い。そう容易《たやす》くは負けぬ。

佐久間平州はそう言った。

嘘ではなかった。

「栄太、おまえ、強いな。誰よりも強い」

「わたしが……ですか？」

栄太が瞬《まばた》きする。それから静かに微笑んだ。

弘太郎は床を踏み抜くかのような足音を立ててやってきた。

診立てをすませた医者が帰った直後だった。

「間宮どの、はしたないですよ」

座敷に飛び込もうとした弘太郎を依子が叱りつける。

「どのようなときも、武士としての嗜《たしな》みを忘れてどうします。静かになさい」

「は、はい。申し訳ありません」

弘太郎が全身を硬直させる。その弾みに足を縺《もつ》れさせ、座敷の中に頭から転がり込んだ。文机《ふづくえ》の角に額をぶつけたらしく、鈍い音が響く。依子が丸く口を開けた。

「まあ、何てことを」

堪えきれず、新吾は噴き出した。

「弘太郎、おまえ……戯《おど》芝居《け》の役者で食っていけるぞ。はははは」

「……うるさい。他人の失態を大声で笑うなどとは武士の嗜みに悖《もと》る。大いに悖る。母上さま、この不届き者をお叱りください」

「そうね……新吾、些かはしたない……」

依子が袂《たもと》で口元を押さえる。肩が小刻みに震えた。

「間宮どのにお茶でも進ぜましょう」

密《ひそ》やかな笑い声を零《こぼ》しながら、依子は出て行った。自分の座敷にこもって心行くまで笑うのだろう。母の軽やかな笑声を久々に聞いた。父が出て行ってから初めてではないだろうか。

弘太郎にはそうしたところがある。他人を暗から明に、闇から光の下に引っ張り出す力があるのだ。

「栄太もたいしたものだが、弘太郎も豪傑だな」

「何のことだ。ああ、痛ぇ」

弘太郎の武骨な指が、赤く腫《は》れた額を撫《な》でる。

「くそっ、せっかく栄太と涕泣《ていきゅう》の抱擁を交わすつもりだったのに、とんだ不覚だ。いててて」

弘太郎は額に当てていた手を離し、栄太の傍らに寄った。

「栄太、よく目を覚ましてくれたな」

「間宮さん……心配をおかけしました……」

「心配なんかしとらん。栄太が元気になると、おれにはわかっていたからな。おまえは、そう容易くくたばるやつじゃない、必ず目を覚ますと鷹揚《おうよう》に構えていたぞ」

「よく言うぜ。おろおろして騒ぎ立ててたのはどこのどいつだ。鷹揚が聞いて呆《あき》れる。いや、嗤《わら》えるな、ははは」

「おまえに呆れられても一向に応えんさ。ふん、嗤いたければ好きなだけ、阿呆面《あほうづら》で嗤ってろ。今日は、栄太の生還しためでたい日だ。何でも許してやる。ほんとに……栄太ががんばって……よく、踏ん張って還《かえ》ってきてくれて……おれは……」

弘太郎が唇を嚙《か》んだ。その唇がへの字に曲がる。

「泣くな。妙齢の佳人ならまだしも、おまえみたいなでっかい男が泣いても様にならんぞ。鬱陶《うっとう》しさが募るだけだ」

「妙齢の佳人なんて知りもしないくせに、大口、叩《たた》くな」

「うむ……まあな。そう言われると返す言葉がない。お豊やお利紀では妙齢からも佳人からも、ちょっと遠いしなあ」

「ちょっとどころですむものか。鶴と螻蛄《おけら》ぐらいの開きがある」

あははと、栄太が声を上げて笑った。はっきりとした力強い声だ。新吾の胸に染みてくる。

「鳥羽さんと間宮さんの掛け合い……本当に絶妙です。何だか、心持ちがすっきりしました。力がわいてきます」

「うん。いいぞ、その意気だ。一日も早く快復しろよ。また、一緒に薫風館で学ぼうぜ」

弘太郎がこぶしを振る。

「薫風館……」

栄太の視線が空を漂った。

「薫風館に……帰りたいです。もっともっと学びたい……」

「おうよ。生きていればこそ学びもできる。栄太、薫風館が待っているぞ。一緒に学び、鍛え合おうな」

「はい」

「いや、弘太郎。鍛える方はまあいいとして、学びの方は一緒というわけにはいかんだろう。栄太とおまえとでは、鶴と螻蛄とまではいかなくても学力の差がありすぎる。学ぶ中身がまるで違うではないか」

「新吾。おれは栄太を励ましているんだぞ。このいい場面で茶々を入れるか？　まったくこれだから野暮天は困る」

弘太郎の渋面に栄太がまた、笑った。

開け放した障子戸から風が吹き込んでくる。

青葉の香りがする。まさに薫風だ。少なくとも新吾にはそう感じられた。芳しく、生き生きとした風を胸いっぱいに吸い込む。吸い込み、吐き出し、弘太郎と栄太を順に見つめる。

「で、これからどうする？」

「栄太を襲ったやつらのことか」

「そうだ。阿部たちだ。このままにしておいていいのか」

許せないと思う。鬱憤晴らしに弱い者を襲い、痛めつける。それも夜陰にまぎれ、闇に隠れて大勢で一人をなぶるのだ。武士どころか人の道に悖る。獣以下の所業だ。

栄太だけではない。飯島もそしておれも……傷つけられた。

「いや、駄目だ。このままにはしておけない。やつらに己の咎《とが》と愚かさを認めさせなければ、また、同じことを繰り返すだけだ」

一度、弱い者をいたぶる快感を覚えれば、己の抱える鬱屈を他人を虐げることで紛らわせる味を覚えれば、人は堕《お》ちていく。限りなく堕ちていく。そしていつか、形《なり》は人でも心は異形、醜く崩れた者となる。

阿部、それでいいのか。おまえたちは他人をなぶりながら、異形に変わる覚悟ができているのか。おまえたちが他人に加えた打擲《ちょうちゃく》や罵詈《ばり》雑言の飛礫は、そのままおまえたちに返りおまえたちの姿を醜く変えているのだぞ。それが、わからないのか。まだ、素知らぬ振りを続けるのか。手遅れにならないうちに、早く、早く、早く気付け。

「栄太の仇《かたき》を討つとか、思い知らせるとかではなくて、おれは阿部たちとじっくり話してみる。こちらの想いを伝えてみる。やつらを叩きのめすのは、こちらに覚悟さえあればそう難くはなかろう。難くはないが、それでは何も変わらぬ気がする」

「……だな。ぶん殴って済むほど容易い話じゃない。こっちがぶん殴れば、あっちも殴り返してくる。いつまでたっても出口は見えないままだ……。しかし、ぶん殴ってやりたくはある。おれは業腹でたまらん」

弘太郎がぎりっと音をたてて、歯噛みをした。栄太が小さく息を吐き出す。

「人と人が傷つけ合うほど……醜い姿はないと……思います。そういえば、人が牙《きば》も鉤《かぎ》爪《づめ》も尖《とが》った嘴《くちばし》も持たないのは言葉があるからだと……言葉で通じ合えるから、相手を傷つける手立てはいらないのだと……習ったことがあります」

うーむと弘太郎が唸《うな》った。

「なるほどな。とすれば問答無用の輩《やから》は人に非《あら》ず、虎や狼に等しいというわけだな」

「虎や狼だってむやみに傷つけ合うわけではあるまい。人より獣の方がましなこともある」

新吾が言い、弘太郎が再び唸ったとき、障子の陰からお豊がひょいと覗《のぞ》いた。

「新吾さま、お話の最中恐れ入りますが、お客さまです」

「客、おれに？　この時刻にか？」

夜は完全に明けたとはいえ、まだ朝方だ。

「はい。裏木戸の所におられます。水汲《みずく》みに出たら呼び止められて。ええ、何でも新吾さまに至急にお目にかかりたいとのことなんですがねえ」

お豊の口調にも戸惑いが滲《にじ》む。

「何だか様子がおかしくて、ええ、妙にそわそわしておられるのです。しかも、ちょっと変なお顔でいらして……。でも、とっても切羽詰まった感じでとりあえずお取り次ぎいたしました。あ、えっと、飯島さまとかおっしゃいましたよ」

「飯島だと」

それを早く言えと怒鳴りたい衝動を呑《の》み込み、新吾は立ち上がった。

飯島日之助を一目見たとたん、お豊の言う〝ちょっと変なお顔〟の意味がわかった。日之助の顔のあちこちに痣《あざ》がある。右目の上は少し腫れているようだ。擦り傷と思《おぼ》しき痕《あと》も幾つかついていた。

やられたな。

仕置きだ。

おそらく、新吾のときと同じく、武道の稽古《けいこ》と偽って大勢で痛めつけたのだろう。

「飯島、それは」

「え？」

「その傷は、阿部たちにやられたんだな」

「あ……うむ。ちょっと前にな。いや、こんな傷どうでもいいんだ、鳥羽、おまえ、おまえ、昨夜《ゆうべ》、どこにいた」

日之助が腕を掴んできた。指の震えが伝わる。骨まで伝わってくる。指だけでなく日之助は全身をおののかせていた。

「昨夜？　家にいたが。うん、昨夜は家から一歩も出なかったぞ」

「本当か、嘘じゃないんだな。絶対に嘘じゃないんだな」

日之助の双眸《そうぼう》がぎらついている。色を失った顔面の中で、黒目だけが異様な光を放っていた。

「嘘なんかつくものか。飯を食って、栄太の傍に暫くいて、それから夜具に潜り込んで寝た。それだけだ。目が覚めたら朝だったぞ」

ふっと、夢のことを思い出した。不気味さだけが残っている夢だ。目覚めたときの不安と怯《おび》えに近い情がよみがえってくる。

「そうか……」

日之助はふらつき、板塀にもたれかかった。大きく息を吐き出す。その頬を一筋、汗が伝った。

「飯島、いったいどうしたんだ。昨夜、何があったのだ」

日之助が唾《つば》を呑み込んだ。新吾と後ろにいる弘太郎を交互に見やる。唇が動いた。

「まだ、知らないんだな」

「知らない？　だから何のことだ。ちゃんと話せ、飯島」

苛立《いらだ》ちが募る。焦《じ》れて叫びたくなる。胸の奥で不安が渦巻く。

「鳥羽……。阿部たちが殺された」

「はぁ？」

間抜けな声だった。普段なら、弘太郎から間髪を容《い》れず「踏み潰された蝦蟇《がま》そっくりだ」などとからかわれていただろう。しかし、今はその弘太郎でさえ一言も発しなかった。身じろぎすらしない。

「殺された。阿部も井筒《いづつ》も外村《とのむら》さんも……みんな斬り殺された」

「……馬鹿な。飯島、おまえ何を言ってるんだ」

「本当だ。本当なんだよ、鳥羽」

ほとんど悲鳴のように日之助が言う。喉元がひくひくと動き、眼が血走って赤い。

「この近くだ。に、西川の……常磐橋の下でみんな斬り殺されて……、転がって……転がっていたんだ」

常磐橋は町人町と武士町を結ぶ大橋の一つだった。新吾はこの橋を渡り薫風館に通っている。馴染《なじ》み過ぎるほど馴染んだ橋だ。

「おれ……抜けたくて……阿部たちから離れたくて、できれば薫風館に移りたくて……それで、鳥羽に相談したくて……は、藩学に行く前におまえの家に寄るつもりで、そしたら、そしたら……。おれ、もう我慢できなかったんだ。よってたかって殴られて、蹴《け》られて、唾を吐きかけられて……。あ、あいつらをみんな殺して、おれも死のうって思って……。でもできなくて、怖くてできなくて、それでそれで、おまえのことを頼って……でも、でも、あいつらは殺されてたんだ。橋の下で、みんな死んでた」

「落ち着け！」

日之助の両腕をしっかりと捉《つか》まえる。

「大丈夫だ。落ち着け、飯島。落ち着いてちゃんと話をしてくれ。おまえは阿部たちと袂を分かつつもりだった。薫風館に移りたいと望んだ。そうだな」

日之助が首を縦に振った。首肯というより、頭を支えきれず項垂《うなだ》れる人のようだった。

「それで、おれに相談をしたくて今朝、ここまで来た。来ようとした。それも間違ってないな」

また、首が動く。

「そうしたら、常磐橋の下で阿部たちが……死んでいたのか」

「……もう、人が集まり始めていた。町方の役人もいたみたいだ。よく、わからない。でも、おれ……見たんだ。阿部たち、まだ菰《こも》も被《かぶ》せられてなくて……。そのまま、草の上に並べられていて……」

「見間違いじゃないんだな」

今度は首が左右に振られる。

「……見間違いなんかするもんか。阿部は袈裟懸《けさが》けに斬られていた。血に染まって……目をぽっかり開いて……。おれは、もう仰天して……頭の中が真っ白になって……。気が付いたら、鳥羽の屋敷の裏手に立っていた」

「新吾が殺《や》ったと思ったのか」

弘太郎が問う。静かな問い掛けだったのに、日之助は身体を震わせた。違うと呟《つぶや》く。

「と、鳥羽を疑ったりしない……でも、でも……いや、疑った。鳥羽がどんな目に遭ったか……よく知っているし、お、おれだって、あいつらを殺してやりたいって……思ってたから」

「新吾はそんな愚か者じゃないぞ」

弘太郎が鼻を鳴らす。

「憎い相手を斬り殺して気が済むなんてことはないさ。おい、人が牙も翼も持たないのは言葉を扱えるからだって知ってるか」

「は？」

「弘太郎、翼じゃなくて鉤爪だ、鉤爪」

「あっそうだ。爪だ。すまん、翼の方は忘れてくれ」

「はぁ……」

日之助があっけに取られている。新吾は口元を緩めた。こんなときでも、弘太郎は強張《こわば》った気配を緩めてくれる。

「常磐橋に行ってみよう。飯島、一緒に来られるか」

一息の間の後、日之助はゆっくりとうなずいた。

常磐橋の周辺に人だかりができていた。

武家地に通じる橋だけに、昼間に賑《にぎ》わうことはそうない。むしろ、閑散としていた。それが、まるで祭りの夜を思わせるほどの人出だ。

「えらく賑わってるな。まあ、賑わうってのもちょいと違うかもしれんが。野次馬もこれだけ集まるとたいそうなものだ」

弘太郎が一人、しゃべっている。新吾は人をかき分けるようにして、前に出た。

ちょうど、戸板に乗せられ菰を被せられた遺体が運ばれるところだった。一つ、二つ、三つ、四つ。二番目の戸板が揺れた。運び役の男が濡《ぬ》れた草に足を取られたのだ。

昨夜までの雨に西川は水を増し、黒茶に濁っていた。どうどうと吼《ほ》えながら流れている。草も地面もまだ乾ききっていない。その分、風景は塵芥《ちりあくた》を洗い流され、瑞々しく目に映った。

「危ない」

野次馬から声が上がった。男が膝《ひざ》をつく。戸板が斜めになり、遺体がずり落ちた。

阿部。

新吾は息を詰める。間違いなかった。飯島の言った通りだ。血に塗れ、ぽかりと目を開けている。瞼《まぶた》を閉じさせることができなかったのだろう。曲がった腕もそのまま固まっている。

野次馬たちがどよめいた。新吾は背中を押され、前に踏み出した。ちょうど、運び役たちが遺体を戸板に戻すところだった。

目が合った。

骸《むくろ》になった阿部と目が合った。

途方に暮れているような、自分の身に何が起こったのかまるで解せないような目だった。魂が抜け落ちているのに、死の直前の情だけがはりついている。

どうして、何でこんなことになったんだ？

阿部の心許《こころもと》ない呟《つぶや》きが聞こえる気がする。

なあ、どうして、何で……。

阿部は戸板に戻され菰の下になる。新吾は小さく声を上げた。

指がない。阿部の右手の食指と大指が欠けていた。

戸板が運ばれていく。人々が手を合わせ、頭《こうべ》を垂れた。運ばれてしまうと、川音が一際高く響いてきた。燕《つばめ》が何羽も水面を掠《かす》める。

野次馬たちは三々五々、散らばり始めた。常磐橋はいつもの静けさを取り戻そうとしている。

「新吾」

弘太郎が肩に手を掛けた。

「あいつがいるぞ。瀬島だ」

「えっ」

西川の河畔は柳の並木が続いている。他の木同様に若緑の葉を茂らせて、風になびいていた。

その一本にもたれかかり、瀬島孝之進が立っている。腕組みをし、西川の濁流を見詰めていた。

「瀬島……」

気配を感じたのか、孝之進がつと身を起こす。視線が絡まった。

一瞬だった。一瞬で目を逸《そ》らし、孝之進は背を向けた。そのまま、人の群れに紛れてしまう。

瀬島、まさか……。

風が吹いて、柳がさわさわと鳴った。

十　烈風

『詩経』は『毛詩』とも呼ばれ、周の初めから春秋時代までの詩を集めたものとされており、詩編の数は三一一編に及ぶ。ただし、六編は題のみである。各国の風謡を収めた『国風』編、宮廷楽歌を集めた『雅』編と、宗廟《そうびょう》の楽歌である『頌《しょう》』編の三部からなり……」

講義の声が講堂に響く。

講じる山沖彰吩の声は朗々として濁りがなく、聞き易かった。三方の戸を開け放してあるので、風が吹き込んでくる。薫風館はその名の通り、風に恵まれた場所に建っていた。夏場は特に、谷と林を抜けた涼やかな風がよく通って、暑気も滲《にじ》み出た汗も拭《ぬぐ》い去ってくれる。

涼風にのった山沖の美声に学生たちは聞き入る。その声がぴたりと止んだ。

「鳥羽」

名を呼ばれた。

講堂内が一瞬、ざわめく。それは風の起こした葉擦れの音に、少し似ていた。

「それと、間宮」

弘太郎も呼ばれる。

「立て」

山沖の口調は静かだが、強く張っていた。腹立ちを抑えている証《あかし》だ。新吾は立ち上がると、背筋を伸ばした。すぐ傍らで弘太郎も同じように姿勢を正す。

「鳥羽、間宮、講義の最中に何を考えていた」

思わず、弘太郎と目を見合わせる。

おまえもか？

互いに視線で問いかける。

「答えろ。何を考えていた」

山沖が眉《まゆ》を顰《ひそ》めた。表情にも物言いにも、激しくはないが、叱咤《しった》の色合いが滲む。新吾は身を竦《すく》めた。ちらりと横を見やると、弘太郎も大きな身体を縮めている。

山沖が真剣に学問に向かわぬ者、講義を疎《おろそ》かにする者に対しどれほど厳しく当たるか、よく知っている。「向学の志なくして、薫風館の門をくぐるな。この愚か者が」と面罵《めんば》された者がかなりの数いたし、庭に蹴落《けお》とされた者さえ幾人かいたと聞いている。

「申し訳ありません」

新吾は深く頭を下げた。

物思いに囚《とら》われて、聴講が疎かになっていたのは確かだ。言い訳できない。ひたすら詫《わ》びるしかなかった。弘太郎も同じらしく、神妙に俯《うつむ》いている。

これは、かなりの雷が落ちるな。

まさか庭に蹴落とされはすまいが、廊下で正座ぐらいは覚悟しておいた方がいい。

「鳥羽」

「はい」

「間宮」

「はい」

「後で紅水亭《こうすいてい》に来い」

「あ……はい」

「よし、座れ」

それだけ命じると、山沖は再び講義に戻った。

「詩の形式は四言で一句、四句で一章が基本とされる。漢初においては、斉《せい》、魯《ろ》、韓《かん》、毛《もう》家の各学派があり……」

腰を下ろし、今度ははっきりと弘太郎と視線を絡ませた。弘太郎が首を僅《わず》かに傾げた。

紅水亭は、薫風館の西側を流れる渓流の傍らに建てられた庵《いおり》の名だ。秋が深まるころ、両岸の楓《かえで》が色づき水の流れまで真紅に変える。その風情から名付けられたものだった。

茶室を備え、客人のもてなしや教授たちの憩いの場として活用されている。そこに呼ばれた。気を抜いた学生を叱るには、些《いささ》か不向きに思える。が、行くしかない。

新吾は前を向き、そっと息を吐き出した。

紅水亭までの道は、青葉の濃い匂いに満ちていた。その匂いと瀬音が縺《もつ》れ合いながら、庵の中に流れ込んでくる。いつもなら、心地よいとも清々《すがすが》しいとも感じるのだろうが、目の前に腕組みした山沖が座しているとなると、山の醸し出す匂いや音に遊ぶゆとりは出てこない。新吾も弘太郎も、おとなしく端坐《たんざ》し、息を潜めていた。

「鳥羽、間宮」

「はい」

「今日のおれの講義で、重要と考えられる箇所を三点、あげてみろ」

「へ？」

弘太郎が頓狂《とんきょう》な声を上げた。

「馬鹿者。何だ、その間抜け面は。よし、間宮からだ。言ってみろ。口頭試問だ」

「い、いや、先生。おれたちだけ試験するというのは、ちょっとそれは如何《いかが》なものかと
……」

「如何もおかげもあるものか。ほら、さっさと答えろ、間宮」

「いや、で、ですから……今日のご講義は……しっ、詩経についてであって……です。それで、毛詩というものの成り立ちがあれこれあるというので……そうなのです」

「何がそうなのです、だ。さっぱりわけがわからんじゃないか」

「……面目ありません」

弘太郎が項垂《うなだ》れ、首の後ろを掻《か》いた。山沖は長いため息を吐き出す。それから、新吾に顔を向けた。

「鳥羽もこの程度のものか」

「いえ……もう少しはましだと思います」

腕を解き、山沖は二人を睨《にら》みつけた。その後、また、吐息を零《こぼ》した。眉間《みけん》に深い皺《しわ》が寄る。

「今日のおまえたちは、空蟬《うつせみ》の如しだ。生身は座っていても、心はどこかに飛んでいる。つまり、中身が空っぽだった」

「はあ……。そういうことが、講義をしながらおわかりになるものでしょうか。だとしたら、すごいですね。それに、空蟬とは典雅にして的を射た譬《たと》えです。さすが、先生」

「馬鹿者、見え透いたおべんちゃらを言うな」

怒鳴られ、弘太郎が首を竦めた。

「薫風館は郷校とはいえ、あらゆる点において、藩学にひけをとらぬと我々は思うておる。つまり、教える側も教えられる側も高い学識と向学の志をもって臨んでおるということだ。前に立てば、学生たちの志の高さ、想いの熱さは真っすぐに伝わってくる。薫風館に集う者はみな、命じられたからではなく、決め事だからでもなく、己の志、想いをもって学んでおるのだ」

　はいと、新吾はうなずいた。

　新吾もそうだ。己の意思で薫風館の門をくぐった。ここで本気で学び、習い、覚えようと決めている。その決意に揺らぎはない。ただ、今日は頭のほとんどを他の思案が占めていた。

　瞼《まぶた》を閉じる。

　菰《こも》を被《かぶ》った遺体が浮かぶ。

　指が二本欠けた手がぶらぶらと揺れている。

　ぽかりと見開いた目は白濁し、もう何も映さない。

　露骨なほど死を押し付けてくると感じたのは、遺体が阿部たちだからだろうか。死には不釣り合いな若さだった。

「栄太はどんな様子だ」

　不意に問われた。

「一度、見舞いに行きたい。行って大丈夫なものかどうか尋ねたかったのだ」

「あ、はい。日に日に快復しております。ただ、まだ覚えの方が確かでなく、途切れ途切れにしか思い出せないようで、特に襲われた前後の覚えがほとんど失《う》せていて、本人曰《いわ》く霧中を彷徨《さまよ》っている心地がするそうです」

「まさに五里霧中といった心境なのでしょう」

弘太郎が口を挟む。山沖の眉間にまた、皺が刻まれた。

「五里霧中とは見通しの立たない、あるいは心が迷って考えの定まらないときを譬えて言うものだ。後漢書の張楷伝《ちょうかいでん》にある。張楷、字《あざな》は公超《こうちょう》が道術によって五里四方を深い霧で閉ざしたという故事による。覚えが曖昧《あいまい》な状態を指して使うのは誤用だぞ、間宮。おまえは何かにつけ言葉の使い方がいいかげんに過ぎる」

「うへっ」

弘太郎が声を出して、首を縮めた。

「弘太郎、おまえ、栄太にも同じことを言って、使い方がおかしいと指摘されていたではないか。少しは学習しろ、学習を」

「うおっ、新吾。おまえだっておれとどっこいどっこいのくせに、よく言うぜ」

「おまえと、どっこいどっこいだなんて心外だ。おれはもう少し、まともだぞ」

「待て、二人とも」

山沖が右手を軽く振る。

「鳥羽、栄太は張楷伝の故事をひいて五里霧中の意味を語ったのか」

「はい。語ったというか、弘太郎の誤りをやんわり正したというか……」

そうかと山沖は微《かす》かにうなずいた。口元が僅かに綻《ほころ》ぶ。

「では、栄太の知力は損なわれていないのだな」

「はい。やたら本を読みたがり、一日も早く薫風館に戻りたい、講義に出たいと繰り返しております。医者から込み入った読書は止められているので、黄表紙などを読んで気を紛らわしておるようですが、満足はできないようで、講義とも書物とも隔てられて初めて、自分にとってそれがどれほど大切なものにも支えにもなっていたか思い知ったと申しておりました」

「鳥羽さん、学問がしたいです」

栄太は呟《つぶや》き、縋《すが》るように新吾を見た。

学びたい。知りたい。学ぶべきことが、知るべきことがまだまだあるのです。尽きぬほどにあるのです。

視線が、ほとばしる想いを語る。

「命あっての物種と言うではないか。今は、まず、一日も早く快復することだけを考えろ。生きていてこそ学問はできるのだぞ」

我ながら月並みな慰めしか口にできなかった。

新吾にとって薫風館は退遁《たいとん》の場でもあった。藩学から逃げのび、飛び込んだところだ。向学の念がないわけではないが、正直、学び云々《うんぬん》は二の次だった。それを恥じる気は起こらない。剣でも学問でも、人は己の身の丈に合った関わり方しかできない。剣の才を天与された者が懸命に修行に打ち込むように、栄太は学問にのめり込み、学問の力によって世を変えようとしているのだ。

すごいと気圧《けお》されはする。しかし、自分には自分の進むべき道があり、それは栄太とも弘太郎とも異なるのだ。

薫風館までの道すがら、考えるともなく考えていた。その思案はすぐに、死体の残像に掻き回されてしまったが。

「よかった。実によかった。ほっとしたぞ」

山沖が安堵《あんど》の息を漏らした後、やや慌てて付け加える。

「あ、いや。命あってこその話ではあるがな。一命をとりとめたのは何よりだ。ただ、栄太ほどの秀才はそうそうおらぬ。あの知力やら向学の志が無となるのはあまりに惜しい。これが間宮なら、生きているだけでめでたいと諸手《もろて》を挙げて言祝《ことほ》ぐこともできるが」

「先生、どうしておれを引き合いに出すんですか」

弘太郎が唇を尖《とが》らせた。山沖が笑い声をたてる。朗々とした、楽し気な調子だった。

厳格な教授のこんな笑い声を聞くのは、ほとんど初めてかもしれない。

先生は本気で栄太を案じていてくれた。気にかけ、心を寄せていてくれたのだ。

なぜだか、心身の力が抜けていく。

「一度、見舞いに行きたい。ただ、おれが行けば栄太にかえって負担をかけないとも限らない。体力が十分に快復したころ見舞いたいのだ。また、よい機会を教えてくれ」

「はい」

「それにしても、鳥羽の母堂はできたお方だな。いくら学友とはいえ、赤の他人を屋敷内で懇切に看病なさるとは。誰にでもできることではない。見上げた婦人である」

「はあ……まことに」

曖昧に答える。

依子が懇切に栄太と接しているかどうかは些か怪しい。ほとんど口を利かないし、世話はお豊に任せている。が、栄太の聡明《そうめい》な質を気に入ったのも事実のようで、時折、依子にしては珍しく、楽しそうに話し込んだりしていた。

「もし、栄太が望み、医者が許せば、講義に出向いてもいいと思っている。そのことを伝えてくれんか」

「先生がわざわざ講義に出向かれるのですか」

「そうだ」

「栄太一人のためにですか」

「そうだ。これが間宮なら食い物でも携えていけば喜ぶのだろうが、栄太には講義が一番の見舞いになるだろう」

「まさに、おっしゃる通りです。栄太が喜びます。先生、ありがとうございます」

胸が熱くなる。山沖の気遣いが、柔らかな日差しのように温かく心を包む。父は、薫風館には藩主暗殺の企てに繋《つな》がる動きがあると断言した。その言を信じる気はない。しかし、学頭、佐久間平州の行動に解せぬものを感じたのは確かだ。新吾の思い及ばないどこかで、大人たちの思惑が蠢《うごめ》いているとも感じた。そこと山沖は無縁のように思われる。

ほっとする。同時に胸に漣《さざなみ》が立った。

大人たちの思惑。藩主暗殺の企て。「薫風館を探れ」、父のあの一言……そういう諸々と阿部の死は関わっていないのか。兆した思いが胸を刺す。刺されるたびに、心身が重くなるようだ。

「先生、ですから一々、おれを引き合いに出さんでください」

「いや、おまえと栄太を比べると、栄太の優秀さがより際立つのでな。ついつい、やってしまう、すまんすまん」

「それは、どういう意味ですか」

山沖と弘太郎のやり取りを耳にしながら、新吾は胸のざわめきに耐えていた。


「山沖先生が……そうですか」

帰宅し、紅水亭での山沖の言葉を伝えると、栄太は双眸《そうぼう》を煌《きら》めかせた。それが生き生きとした色を表情に与える。畳んだ夜具にもたれかかっていた上半身も、夜具の中の下半身も数日の間に痩《や》せて、細っていた。しかし、次第に色艶《いろつや》を取り戻しつつある。快復への一歩一歩を感じ取れるのは嬉《うれ》しい。生き生きとした眼の色が、さらに喜びを掻き立てくれる。

「ありがたいお言葉です。何よりの支えとなります」

「そうだ。先生はそれだけ、おまえに期待しているってことだぞ。弘太郎にはそんなことおっしゃるわけもないからな」

「おい、新吾。おまえまでおれを引っ張り出すな」

弘太郎がむっとした顔つきになる。このところ、弘太郎は鳥羽家に寄ってから正力町に帰るのが習いとなっていた。むろん、栄太の様子を見、話をするためだ。依子は別に何も言わなかった。とりたててもてなしもしなかったが、弘太郎の連日のおとないを嫌がる風もない。ただ、弘太郎の大声や太々《ふてぶて》しい態度を叱ることは度々ある。

「だって、よくよく考えてみろ。おまえが怪我なり病なりで臥《ふ》せっていたとする」

「ふむ」

「運良く、何とか快復したとする、な」

「ふむふむ」

「そこに、山沖先生が見舞いにこられて、突然、四書五経かなにかの講義を始めたとする。おまえ、そういうのに耐えられるか」

「無理だな」

弘太郎が迷いなく言い切る。

「病み上がりの床で講義など……うわっ、考えただけで鳥肌が立った。恐ろしい、恐ろしい。夢に出てきそうだ」

腕をこする仕草が滑稽《こっけい》だ。

おかしい。新吾は笑い出してしまった。栄太も満面に笑みを浮かべている。

ああ、いいなと思う。

こうして笑い合える一時《いっとき》がいい。生きて、笑っていられるひと時の何と豊饒であることか。笑うたびに、生きている今を感じられる。確かに感じられる。笑声とともに、日差しや、風音や、木々の匂いが身の内に流れ込んでくる。

これが生きているということだ。死者には入り口はない。口を開けていたとしても、目を見開いていたとしても、固く閉ざされている。もう何も入ってはこない。

笑いたい。生きている証として笑っていたい。そこまで思い、気が付いた。弘太郎はちゃんと知っているのだ。笑いが命に繋がると知っている。滑稽な仕草もおどけた物言いも知っているからこそのものだ。

こいつも大物だな。

無遠慮に大口を開けている弘太郎を見やり、新吾は心内で唸《うな》ってしまった。

「鳥羽さん……」

「何だ」

「常磐橋の下で、藩学の学生たちが斬り殺されていたというのは……本当なのですか」

笑みを引っ込め、栄太が問うてきた。

「おまえ、誰にそれを聞いたのだ」

「お豊さんです」

お豊か。あのおしゃべりの口を封じておくのを忘れていた。今更遅いが迂闊《うかつ》だったな。

「何でも、みな、首を刎《は》ねられ腹を裂かれて……それは惨《むご》い死に様だったとか。首は欄干に並べられ、ただの木橋が血で真っ赤に染まっていて、あれは人ではなく鬼の仕業に違いないと、もっぱらの噂だそうですが……」

そこで、栄太は声を潜めた。

「そういうの、全部、流言ですよね」

「当たり前だ。いったい、誰がそんな根も葉もない噂を流してるんだ。まったく、いいかげんにもほどがある」

阿部たちの死に様を思えば、まんざら根も葉もない噂でもないが、あまりに禍々《まがまが》しい尾鰭《おひれ》が付きすぎている。

さもありなんと、弘太郎が首肯する。

「流言は知者に止《とど》まると言うが、止める知者がいなかったんだろうな。うん？　どうだ。今の、使い方間違ってないよな」

「弘太郎。自信がないなら口にするな」

「愚か者。己を困難な道に追い込んでこそ、人は成長するのだ。新吾のように己を甘やかしていては将来《さき》が危ういぞ」

「まったく、何を言っているのやら」

苦笑してしまう。

「では、尾鰭をとったらどんな話になるのです」

栄太が僅かに身じろぎした。頬にも額にもまだ傷痕《きずあと》が生々しく残っている。額の傷は深く、かなりの出血があった。傷そのものは塞《ふさ》がっても、痕は消えないだろう。

「女でもあるまいし、傷痕など何程のこともありません」

と栄太は事も無げに言ったが、額の傷痕に触れられるたびに、ふとあの夜の恐怖を思い出すのではないか。夜の闇に紛れて、突然襲いかかってきた餓狼《がろう》のようなやつらが、餓狼に食いちぎられる痛みが、闇の深さが、震懼がよみがえり身の毛立つのではないか。

他人を痛めるとは、相手に一生癒《い》えぬ傷を負わすことでもある。

阿部たちはそのことに気付かぬままだったのだろうか。知らぬまま逝ってしまったのだろうか。

だとしたら哀れだ。

人として大切なことを知らず生を終えた少年たちに、憐憫《れんびん》の情を覚える。生きてさえいれば阿部たちだとて、いつか知ったはずだ。自分たちが何をしたか。どれほど愚かであったか。知って恥じたはずだ。甘いかもしれないが、その見込みはあった。

死が全てを断ち切ってしまった。

阿部たちの行く末にあったはずの見込みも望みも全てを無にしてしまった。

死にたくないな。

唐突に凍《い》てた風を感じた。外ではなく己の内側から吹いてくる。

死にたくない。生きていたい。生きて、自分を変えてみたい。多くを学び、知り、鍛えたい。

おれは、おれたちはまだ、何も知らぬと言い切れるほど若いのだ。

死にたくない。いや、死んではならぬのだ。無残に命を断ち切られてはならない。

今度は熱いものが、とてつもなく熱いものが頭をもたげる。

怒り、だった。

若い命を散らしたものへの憤怒《ふんぬ》だ。

「鳥羽さん、教えてください。藩学の学生が殺されたというのは事実なんですね」

「そうだ」

「その学生たちというのはわたしを襲った……」

「そうだ。おまえをこんな目に遭わせたやつらが、みな斬り殺された。首を刎ねられた者も腹を裂かれた者もいない。むしろ、一太刀で殺《や》られていた。相当な遣い手なのだろうな。ただ……」

「ただ？」

「指がなかった」

「指がない？」

「うむ。阿部の指が二本、切り落とされていた」

栄太が絶句する。喉仏《のどぼとけ》が上下に動き、息を呑《の》み込んだ。

「……何のために指を……」

「わからん。まったく、わからん」

「斬りつけられて、とっさに手で庇《かば》ったのかもしれんな」

弘太郎が顔の前に指をかざす。

「そこを斬りつけられて、指が落ちた。とは考えられんか」

「それはあるまい」

新吾は大きくかぶりを振った。

それはない。

「庇ったのなら指二本だけがきれいに落ちるってことはないだろう。手の甲とか手のひらとか他にも傷がつくはずだ」

「では、どういう事由がある」

「それは……」

口ごもる。新吾なりの考えはある。しかし、それはあまりにおぞましく、かつ、突拍子もないもののように感じられた。

「……拷問ですか」

ぼそりと栄太が言う。重く低い声音だった。驚いた。まさに新吾が考えていたことだったからだ。

「拷問だと！」

栄太とは反対に、弘太郎の声は上ずり妙な具合に裏返った。

「ど、どういう意味だ。何でやつらが拷問など受けねばならん」

栄太は束の間目を閉じた。薄い瞼がひくひくと震えた。

「もう……十年も昔、わたしが幼いころのことです。村の米蔵に盗人《ぬすっと》が入り、貯蔵していた米を盗み出したことがあります。その内の一人を村人が捕まえて拷問にかけました。盗人が仲間の居場所をなかなか白状しなかったからです。村は貧しく、その米を盗まれれば村人全部が餓死しかねません。みんな必死でした。どうしても米を取り返さねばならなかったのです。だから、捕まえた盗人の一人を拷問にかけました。みんなで押さえつけ、鉈《なた》で指を一本ずつ切り落としていったのです。手の指は十本あります。それを切り落とされることは、痛み以上の恐怖を覚えるのだそうです。『一思いに殺してくれ』と泣きわめく声が家の中にいたわたしの耳にも届いてきました。結局、盗人は……三本目で全てを白状したそうです」

栄太がごくりと唾を呑み下した。

栄太の父母の気弱そうな顔つきを思い出す。虐げられ、耐えに耐えて生き続ける優しい人々の内にも、切羽詰まれば人の指を鉈で落とす残虐さが潜んでいるのか。それは、村人が飢えて死ぬとわかりながら米を盗み出す残虐さとどちらが深いのか。

「そうか、拷問か」

弘太郎が小さく唸る。

「しかしな、あいつらは何を盗んだわけでもあるまい。栄太に怪我を負わせたのは許されぬ罪だが、拷問云々とは関わりないぞ。おれたちがぶん殴って、栄太の前で頭を下げさせれば、とりあえずは済む話ではないのか」

「そうだな、おれたちには関わりないことだが……」

「そうでしょうか」

栄太が新吾と弘太郎を交互に見やる。

「関わりはないでしょうか。わたしを襲った者がそう日も経たないうちに殺された。二つの事件が無縁だとはどうしても思えないのですが」

「しかし、それなら阿部たちはおまえを襲ったから殺されたってことになる。おれたちに代わって、誰かが仇《かたき》を討ったのか、それはちょっと考えられんだろう」

「ええ、考えられませんね。しかも、指を切り落とされているとなると、余計に考えられない」

うーむと弘太郎がまた、唸った。

十一　風の彼方に

栄太は徐々にではあるが確かな快復を見せていった。かなりの間起き上がっていても目眩《めまい》や吐き気に苦しむことはなくなった。自力で厠《かわや》にも行け、食事の量も増えた。頰に血色が戻り、眼の光が生き生きとしてくる。

見ていて、楽しい。

友の快復を見守るのに、楽しいという言葉は些《いささ》か不似合いかもしれない。それでも、「楽しい」が、今の新吾の心模様に最も添っているのだ。

栄太が椀《わん》一杯の粥《かゆ》をすすったと知れば、胸が高鳴る。覚束なかった足取りが次第に力を増してくるのを目にすれば、気持ちが昂《たかぶ》る。それは、楽しい。心が浮き立つ。弾む。未来《さき》に何か良きことが待っている気がしてならない。

我ながら浅慮だと気恥ずかしくはあるけれど、ついつい緩んでしまう口元、目元をどうしようもなかった。

「武士の子がだらしない。口を結びなさい」

依子に何度か戒められた。

今日もそうだ。

栄太が初めて杖《つえ》も介添えもなしで、庭を歩けたと聞いたとたん破顔していた。弘太郎とお互いの背を叩《たた》きながら笑い、はしゃいだ声を上げてしまった。

怪我をする前、栄太は足が達者で、よく歩き、よく走った。走りそのものも速い。薫風館では年に一度、武技や徒走《かちはし》り、水練の試験を行うが、走りにかけては栄太に敵《かな》う者はいなかった。

「おまえ、町見家より飛脚の方が断然、向いているぞ」

冗談半分、称賛半分でそんな言葉を口にしたことがある。

健脚の栄太が足腰の弱った老人のように心許《こころもと》なくしか歩けない。その様子を見ているのは正直、辛《つら》かった。だから、確かな快復が嬉《うれ》しい。慎みも心構えも放り出してはしゃぐほど嬉しい。

「この分だと、医者の診立てよりずっと早く元通りになるのではないか。今でも、駆けっこなら弘太郎には負けぬかもしれんな」

「新吾、馬鹿も休み休み言え。おまえは知らんだろうから教えてやるが、おれは、幼少のみぎりからずっと〝韋駄天《いだてん》の弘太郎さん〟と呼ばれているんだぞ」

「へえ、それは初耳だ。いったい誰が呼んでいるんだ」

「そりゃあまあ……いろいろだ」

「いろいろか。では、菊沙どのに尋ねてみよう」

「いやあ妹は駄目だな。あれは、兄のことを韋駄天どころか餓鬼ぐらいにしか思うておらん。『お兄さまがお帰りになったら、お櫃《ひつ》を隠すことにしております。そうしないと、中身を全部食べておしまいになるのですもの』だとよ、まったく、おれがものすごくがっついているように聞こえるではないか」

「実際、がっついてんだろう。菊沙どのは賢明だ」

「どこが賢明だ。あいつめが勝手に、夕餉《ゆうげ》の飯は二杯までと決めおって、それ以上はどう宥《なだ》めても脅しても頼んでも、飯一粒、よそってくれぬのだ。飯櫃を抱え込んで『駄目です』の一点張りだ。おれはその姿が、安珍《あんちん》の隠れた鐘に巻きつく清姫《きよひめ》の如くに見えた。我が妹ながら、恐ろしいものだ」

弘太郎が渋面を作り、ため息を吐く。その仕草も顔つきもおかしい。おかしくて、堪《こら》えきれなくて、口を開けて笑ってしまった。笑い声に押し開けられるように、口が開く。

そこに依子が入ってきた。

「新吾どの」

すかさず、叱声《しっせい》が響いた。

「喉《のど》の奥まで露《あら》わになっておりますよ。何と言うはしたなさでありましょう。恥を知りなさい」

「あ。こ、これは母上。申し訳ありません。つい」

「言い訳はおやめなさい。みっともない。恥の上塗りになります」

「は、はい」

「武士たるもの軽々しい振る舞い、見苦しい弁明は慎まねばなりません。当たり前の心得です」

「はっ。仰せの通りです。些か浮かれすぎました。猛省いたします」

「口先だけであってはなりませんよ。以後、よくよく慎みなさい」

「はっ、胆《きも》に銘じましてございます」

「わかればよろしい。間宮どの」

不意に名前を呼ばれて、弘太郎は「ひえっ」と返事とも叫びともつかぬ声を漏らした。

「な、な、なんでございましょうか」

依子は身体の向きを変え、弘太郎の正面に座った。弘太郎は慌てて胡坐《あぐら》から端坐《たんざ》に姿勢を正す。

「あなたも同じです。いついかなるときも、武士としての本分を忘れてはなりません。わかっておりますね」

「そっ、それはもう。じっ、十分に承知つかまつっております」

「あなたのお父上、間宮一之介どのは長く普請方を務めておられますね」

「はぁ、いえ、はい。間宮家は代々普請方を仰せつかり、お役目に励んでおります」

依子が鷹揚《おうよう》にうなずく。逆に、弘太郎はさらに畏《かしこ》まり、身を縮めた。完全に、依子に気圧《けお》されている。これはこれでおかしいが、むろん笑うわけにはいかない。

新吾は生真面目な表情を崩さぬよう、奥歯を噛《か》み締めた。夜具の上に起き上がっている栄太は俯《うつむ》いたまま顔を上げようとしなかった。肩が細かく震えている。笑いを必死に押し殺しているのだ。

「一之介どのは昨年の豪雨のおり、命の危険も顧みず崩れかけた川土手の修繕に力を尽くしたそうですね、まさに鬼神の如き働きであったと聞き及びました」

昨秋、石久藩は十年に一度ともいわれる豪雨に見舞われた。それまでも夏の終わりから雨が降り続いていて、西川の水量は瞬く間に膨れ上がり、ごうごうと唸《うな》り渦巻いた。土手の一端を切り崩し、石地に水を流すことで氾濫《はんらん》を回避できたのだが、その作業の中心となり、切り崩す場所を定め、指示を出したのが一之介だった。

一之介たち普請方と近隣農民の奮闘が実り、市中や流域の田畑、村落が水に浸《つ》かることはなく、また、一人の死者も出さずにすんだ。最悪の事態は免れたのだ。

「はあ、お褒めいただいて恐縮です。鬼神とは些か大仰に過ぎましょうが、父の働きは家の者にとっても誇るに足るものとなりました」

弘太郎の頬が紅潮する。

言葉通り、弘太郎は父一之介を誇りにしているのだ。

命を懸けて己《おの》が役目を果たしたばかりでなく、それをひけらかすでも、労《ねぎら》いの言葉一つ授けようとしない執政たちを怨《うら》むでもなく、ただ領民と田畑の無事を喜ぶ姿には頭が下がると、新吾たちに告げたことがある。

親父のように生きられたらと思う。

そうも言った。今も思っているだろう。

弘太郎から父親への密《ひそ》やかな、しかし確とした敬意を感じ、新吾は目を伏せる。

己はどうだろうかと考えたのだ。

兵馬之介の顔が浮かぶ。穏やかな笑顔だ。しかし、眼光は鋭い。

おれは、弘太郎のように父上を誇れない。

ときに得体が知れないとさえ感じてしまうのだ。実際、兵馬之介が何を考え、どこに向かおうとしているのか皆目見当がつかない。一之介のように、正体をきっぱりと現してはくれないのだ。立場の違い、身分の違いと言ってしまえばそれまでだが、息子としてはやはり、堂々と父を誇れる弘太郎が羨《うらや》ましい。

「誇るに足るもの、まさにその通りです。ですから、間宮どの」

依子が背筋を伸ばした。

「は、はい」

「一之介どのは真《まこと》の武士の鑑《かがみ》、あなたはその子息であります。わかっておられますね」

「あ、はあ……いえ、はい。おれ……そ、それがしが父上の子であることは確かでございまして……何しろ、顔付がそっくりでして、それがしが年を取れば父のようになるのは必定と言われておりまして、妹などはそれがおかしくてたまらぬと」

「お顔付のことなど申してはおりません」

「ひえっ、は、はい。こ、これはご無礼をいたしました」

弘太郎が慌てて低頭する。

「一之介どのを誇るのなら、父上に恥じない生き方をせねばなりません。精進を怠らず、己に厳しく、身と心の鍛錬を忘れてはならないでしょう。わたしはそのように申したかったのです」

上げようとした頭をもう一度下げて、弘太郎は「まことに仰せの通りでございます」と殊勝に答えた。しかし、依子は容赦ない。

「しかるに、常日頃のあなたの態度を見ておりますと、些《いささ》かその道に外れておると言わざるを得ません。声を大きくして慎みなく笑い、案内も乞《こ》わずに勝手に上がり込む。しかも裏口からです。この前はお豊をからかったそうですね。肉付きがいいとか何とか」

「ひえっ、そっそれは誤解です。こちらのお女中が年々肥えて困ると嘆くので、その……立派な……だぞと褒めて、慰めようとしただけでして……」

「お豊の何を褒めたのです」

「それは、ですから……尻《しり》のあたりを」

「まあ、あなた、女子の尻を褒めたりしたのですか。お豊は鳥羽家の奉公人、酌婦の類《たぐい》ではありませんよ」

「ははっ、まことに申し訳ありません」

弘太郎がさらにひれ伏す。

我慢できない。新吾は笑い出してしまった。

「母上、どうかもう、そのあたりで勘弁してやってください」

依子と弘太郎の間を割るように、膝《ひざ》を進める。

「弘太郎は、栄太の快復が嬉しくてついつい浮かれてしまったのです。それはわたしも同じ。つい調子に乗り過ぎました。省察いたしますので、なにとぞご容赦ください」

依子は息子と息子の友を交互に見やり、まあいいでしょうと呟《つぶや》いた。弘太郎が安堵《あんど》の息を漏らす。

「そうだわ、間宮どの」

「ひえっ、ま、まだお叱りがありますか」

「叱りなどいたしません。あなたが思っているほど、わたしは怒鳴り婆《ばばあ》ではありませぬ」

「そ、そんな、母上さまのような佳人を怒鳴り婆だなどと、誰も思いはいたしませんぞ。天女と見紛《みまご》うことはあるかもしれませんが」

馬鹿、言い過ぎだ。

目配せしたけれど、遅かった。依子の表情が硬くなる。

「巧言令色鮮《すくな》し仁だぞ、弘太郎」

「馬鹿な。どこに巧言がある。おれは思うたままを言っただけで」

「いやいや、明らかに巧言だろう。いくら何でも天女は無茶苦茶だ」

「新吾、言うに事欠いて無茶苦茶とはなんだ。お美しい母上さまに対し無礼であるぞ」

「二人ともいいかげんになさい。万歳でもやるつもりですか。まったく、聞いていて呆《あき》れてしまいます」

依子が睨《にら》んできたが、眼差《まなざ》しはさほど尖《とが》っていない。むしろ、柔らかく優し気になっていた。こういう眼付きをすると、眉《まゆ》を剃《そ》り、鉄漿《かね》をつけた母の面に、急に娘のような初々しさが加わる。天女とまではいかないが、確かに美しい女人だ。牡丹《ぼたん》の華やかさと百合《ゆり》の清楚《せいそ》さを併せ持つ。

「間宮どの、あなた、小豆《あずき》ご飯が好物なのでしょう」

「あ……はい。大好物の一つですが。よくご存じで」

「この前、ここで『今一番の望みは腹いっぱい小豆飯を食うことだ』と叫んでいたではありませんか。あなたは地声が大きいから奥まで丸聞こえでしたよ」

「こ、これはしたり。面目ありません」

肩を竦《すく》める弘太郎からつっと視線を逸《そ》らし、依子は告げた。

「栄太どののお家から、たくさんの小豆をいただきました。今夜は、お豊がたっぷり小豆ご飯を炊くのだそうです」

「は、はあ……」

弘太郎が瞬《まばた》きする。

数日前、三升近い小豆と大豆、米、野菜等々を栄太の父が持参した。島崖の名主の精一杯の報恩の気持ちだろう。これだけの物を用意するために、どれほどの苦労がいったか。おそらく、栄太の家族は当分は稗、粟の粥をすすりながらの暮らしとなるのではないか。

依子がそれに気付かぬわけがない。気付いたうえで、受け取った。それが父親の気持ちを楽にすると解していたからだ。一方的な恩遇はときにそれを受ける者の息を詰める。水はただ上から下へと流れればよいが、人の気持ちはそうはいかない。下にいて恩を施されるばかりだと、水に溺《おぼ》れるのに似た息苦しさを覚えるのだ。能《あた》う限り恩に報いる。その念を果たすことで一息つけもする。

依子はそういう人の心の機微を心得ていたし、父親の一念をよしとしたのだろう。何しろ、厚かましい者、おこがましい者を蛇蝎《だかつ》の如く嫌う人だ。父親の懸命の誠意を好ましく感じたに違いない。ただ、依子が栄太を手厚く……でもないが、粗略にも扱わず、屋敷内で養生させているのは栄太の両親の美質に由《よ》るばかりではないと、新吾は看破している。それらはむしろ、些末《さまつ》な事由に過ぎない。

「小豆たっぷりの飯ですか……。それは何とも豪勢な。たぶん、豆腐汁なども付くのでしょうな。う……新吾が羨ましい」

追従でも世辞でもない証《あかし》に、弘太郎は生唾を呑み込んだ。

「羨むことはありません。あなたも同座しなさい」

「へ？」

弘太郎の瞬きがさらに多くなる。

「弘太郎、母上はおまえも夕餉の膳《ぜん》を一緒にしろと、誘うてくださっておるのだ」

「ええっ、まことですか」

依子から夕餉に誘われるとは考えてもいなかったのだろう。弘太郎が身体を反らし、目をむく。

「嫌なのですか。嫌なら別に」

「ややややや、と、とんでもない。まさに重畳至極。この上ない嬉しいお誘いでございます。ぜひ、ぜひ末座に加えてくだされませ」

「わかりました。それなら、間宮どのの膳も用意させます。豆腐汁も添えるように申し付けましょう。栄太どの」

「はい」

依子が跪《き》坐《ざ》の姿勢から身体を回し、栄太に向かい合う。

「膳はここに運ばせます。あなたも、ご一緒にお食べなさい。みなといれば食も進むでしょう」

「あ……はい。しかし……」

「胃の腑《ふ》が病んでいるわけではなし、しっかり食べねば快復はおぼつきませぬよ。だいたい、あなたは食が細すぎます。今までは大目に見てきましたが、これからは甘やかしません。出された膳の物は全て平らげなさい。米一粒、豆一粒、野菜一菜がどれほど貴重であるか、あなたならよくわかっておるでしょう」

「はい。重々承知しております」

「説教するわけではありませんが、あなたの父上、母上があなたを想うて届けてくれたお米や小豆です。あだや疎《おろそ》かにはできますまい」

「はい」

栄太が素直にうなずく。「十分、説教してるよなあ」と弘太郎が呟いた。本人は独り言のつもりなのだろうが、いかんせん持ち前の声が大きい。新吾の耳に、はっきりと届いてくる。

「間宮どの、何か言いましたか」

依子が横目で弘太郎を見やる。

「あ、いえ、何も申しておりません。ほんとに、何もです」

弘太郎が右手を勢いよく左右に動かした。微《かす》かだが風が起こる。

「まあ、その手なら団扇《うちわ》の代わりになりますね。夏場は重宝だわ」

依子が口元を押さえて笑う。

楽し気だった。

こんな風に笑うことも、冗談を言うことも、かつての依子なら考えられなかった。美しくはあったが、いつも張り詰め、頑《かたく》なで暗かった。母は笑うことそのものを忘れたのではないかと本気で案じたときもあったくらいだ。

それが、兄を失ったことに起因するのか、父の仕打ちの故なのか、新吾には見当がつかなかった。両方が関わっていたのかもしれない。

けれど、今、依子は笑っている。

傷ついた友人の世話をし、膳を調え、もう一人の友に食べて行けと夕餉を誘っている。口調も顔つきも、わざと厳しく、硬くはしているが、弘太郎とのやり取りを楽しんでいるのは容易に察せられた。依子はきっと、弘太郎と栄太に小豆飯を腹いっぱい食させてやりたいと思ったのだ。弘太郎の喜ぶ顔や、栄太の食の進む様子を我が眼で見たいと願った。言ってしまえば、依子は栄太や弘太郎を好ましく感じているのだ。栄太への配慮、心配りはその好意からきているのだろう。

この変化に、依子自身が一番驚き、戸惑っているのかもしれない。薫風館を郷校として藩学の下に置き、通う学生たちを下士や町人の子弟だと蔑視《べっし》していたのだ。新吾が薫風館で学ぶと告げたとき、烈火の如く憤った依子の形相はまだ眼裏に残っている。

栄太が傷を負って転がり込んでこなければ、それを機に弘太郎が足繁く出入りするようにならなければ、依子は昔のまま何も知らずにいたろう。

栄太の聡明《そうめい》さも、弘太郎の度量の広さも、新吾が薫風館で生き直しの術《すべ》を摑《つか》んだことも知らぬままだったはずだ。

人は学問によって変わる。知ることによって変わる。何より、人は人によって変わる。

山沖彰蚧の講義の声がよみがえる。

何より人は人によって変わる。これ、すなわち人の真理なり。

おもしろい。そして、深い。

人というものの深淵《しんえん》を覗《のぞ》き込めば、清水が流れ、濁流が渦巻き、汚物が浮かび、清らかな花が咲く。清も濁も、善心も悪心も抱え持っている。そして人は人を変え、人に変えられる。

何という生き物だろう。

震えがくる。人を知るために学びたいと思う。自分はまだ何程のことも知らない。知るべきことは多く、あまりに多くある。だからこそ学び、人の世に分け入っていきたい。

また震えがきた。今度ははっきりと武者震いとわかる。

「さっ、それでは台所の様子を見てきましょう」

依子が立ち上がったとき、慌ただしい足音がして、廊下からお豊の丸い顔が覗いた。

鼻の先に汗の粒が浮かんでいる。

「お、奥さま……」

「どうしました。何を慌てております」

「あ、あの旦那《だんな》さまがお見えになって……、いえ、あの、お帰りになりました」

言い直し、お豊は短い息を吐いた。

「え？　兵馬之介どのが」

依子の気配がたちまち張り詰める。

お豊が目を伏せ身を引くとすぐに、兵馬之介の長身が現れた。

白い帷子《かたびら》に夏帯を締めた着流し姿だ。如何《いか》にも涼やかな出で立《い》ちは兵馬之介の痩身《そうしん》にぴたりと沿い、似合っていた。

「小豆を煮る良い匂いが漂うておるのう。急に腹が減ってきた」

腰から大小を抜くと、兵馬之介は当たり前のように依子に差し出した。依子の方は畏まって受け取りはしたものの、動きがぎごちなく、表情も強張《こわば》っていた。

「父上、お帰りなさいませ」

新吾は作法通り、父に挨拶《あいさつ》をした。弘太郎も頭を下げる。栄太は夜具から出ようとして足を縺《もつ》れさせ、膝をついた。

「ああ、そのまま、そのまま。気にせず横になっておれ。そうそう長居はせぬからな」

兵馬之介は栄太を手で制し、立ったまま依子を見下ろした。

「今夜は小豆飯か」

「は？　あ……はい。そうでございます。栄太どのの実家より、たくさんいただきましたので……」

「それは重畳。小豆は芋と並び、島崖の特産であるからな。さぞや、美味《うま》かろう。夕餉が楽しみだな」

依子が顔を上げる。

「夕餉を……召し上がるおつもりですか」

「そうだ。わしの膳も用意してくれ」

「……はい。畏まりました」

打刀《うちがたな》と脇差を抱え、依子が出て行こうとする。その背に兵馬之介の低い声が飛んだ。

「夜具を敷くのは、いつもの座敷でよいぞ」

依子が振り向く。

何か言いたげに唇が動いた。けれど、声にはならず細やかな吐息が零《こぼ》れただけだった。

今夜、お泊まりになるつもりなのか。

父親を見上げる。

巴と暮らし始めてから、兵馬之介が屋敷に泊まり込んだのはほんの数えるほどしかない。それも、夜が更けてやってきて早朝には出て行った。

「日が暮れねば現れず、日が昇れば去っていく。まるで、蝙蝠《こうもり》か蚊吸鳥《かすいどり》の類ではありませぬか。人とは思われません」

いつだったか、朝ぼらけの霧が漂う中に消えていった父を、依子がそんな言葉で詰《なじ》ったことがある。嗤《わら》おうとしたのか唇の端が吊《つ》り上がっていた。だから、笑みというより歪《ゆが》みにしか見えなかったのだが。無残な思いがして、慌てて目を逸らしたことを新吾はいまだに覚えている。

その依子は今、何も答えず顔を背けるように横を向いた。そのまま足早に立ち去る。

お豊がばたばたとその後を追った。

兵馬之介は妻の様子など気にもかけない。その場に胡坐をかくと、くだけた調子で栄太に問いかけた。

「具合は、如何《いかが》かな」

「は、はい。おかげをもちまして、日々快復しております。これも、ひとえに鳥羽家の皆さまのご厚情により」

「よいよい。堅苦しい挨拶など無用だ。命があり、身体が快復する。何よりではないか。よかったのう」

「はい。まことにありがたきことにございます」

うむうむと、兵馬之介は何度もうなずいた。上機嫌のようだ。あるいは上機嫌を装っている。

父上は何もかもをご存じなのか？　それとも……。

兵馬之介は栄太が襲われ九死に一生を得たことも、島崖の者であることも知っていた。新吾が栄太について父に語ったことはないし、兵馬之介が問うたこともない。一度もなかった。

それなのに、知っていた。

調べたのか、誰かに知らされたのか。

新吾の視線を兵馬之介は受け止めた。受け止め、柔らかく笑う。その笑みの意味も読み取れない。新吾は目を伏せた。父を前にして、あれこれ詮索《せんさく》している己が、ひどく卑小に思えた。

「無駄な前置きは抜きにして、そなたたちに尋ねるが」

兵馬之介が視線を巡らせる。新吾、弘太郎、栄太の順に見詰めていく。

「こんな暴挙に出た輩《やから》について、心当たりはあるな」

栄太、弘太郎と顔を見合わせる。二人の眼の中に戸惑いが揺らいだ。おそらく新吾も同じ眼付きになっているだろう。

「暴挙に出た輩とは、つまり、栄太を襲ったやつらのことですね」

言わずもがなのことを口にしていた。兵馬之介の返答は、実に短かった。僅《わず》か一言。

「そうだ」

阿部たちの顔が脳裏を過《よぎ》る。なぜか、笑っていた。新吾をなぶり、痛めつけたときの醜悪な笑みではない。朗らかに無邪気に笑っている。

どうしてそんな笑顔が浮かぶのか、解せない。その笑顔を覆うように指の欠けた手が揺れた。

「むろん、見当はついておりますが」

幻を振り払うために、首を振る。

「だろうな。その者たちとは、常磐橋で斬り殺された者たちか」

弘太郎がちらりと新吾を見た。その視線を頰に感じる。

「……はい」

「誰かに話したか」

「いえ。まだ誰にも……」

「それでよい。この先も決して口外するでないぞ。胸に秘めたままにしておれ。忘れられるなら忘れてしまうのが一番よいが、そなたたちの若さではそうもいくまい。せめて、口をつぐみ、外には出さぬことを心がけよ」

「鳥羽さま」

弘太郎が膝を進める。

「畏《おそ》れながら、それはどのような謂《いい》でございましょうか」

新吾も身を乗り出した。

「そうです。父上、お聞かせください。なぜ、口をつぐまねばならぬのですか。阿部たちは……栄太を襲った者たちは殺されたのですぞ。あの無残な死に様を父上はご覧になったのか。阿部たちは、確かに卑劣な真似をいたしました。それは我々にとって許しがたき行いです。でも……だからといって、あのような死に方をせねばならぬ謂《いわ》れはありませぬ。阿部たちはもっと別のやり方で罪を償うべきだったのです。あれは……あまりに、惨《むご》い。惨すぎる死に様です」

父に想いをぶつける。一息に激しく、訴える。気息が乱れ、喉に詰まった。鼓動が強く胸を押し上げる。

「関わりない」

「え？」

兵馬之介の発した一言が耳を貫く。

関わりない？

「常磐橋の一件はそなたたちには何の関わりもないことだ。そのように心得るがよい」

「馬鹿な」

弘太郎と新吾の声がぴたりと重なった。栄太も夜具の端を握り締め、一度だけだが身体を震わせた。

「関わりないですと？　馬鹿な、馬鹿な。そんな馬鹿な話があるものですか。阿部たちは栄太を襲い、なぶり、半死半生の目に遭わせました。それからそう日も経たぬうちに、斬殺《ざんさつ》されたのですぞ。誰が考えても関わりないとは言えますまい」

「たまたまだ。たまたま、二つの事件が重なった。それだけのことだ。そなたたちは考えすぎているのだ」

「そんな戯言《ざれごと》、信じられるわけもありません。万が一、父上の言が真《まこと》だとして、それならばなぜ……なぜ、阿部たちは殺されたのです。あのような尋常でない死に方をせねばならなかったのです」

口の中が乾く。

舌も喉もひりついて痛い。それでも言わねばならない。黙ってうなずくわけにはいかないのだ。

「父上はその答えをご存じなのですか。その上で、忘れろと命じておられるのか」

胸の底に熱く蠢《うごめ》くものがある。どろどろと不穏な音を立てて渦巻くものがある。それが怒りなのか焦りなのか苛立《いらだ》ちなのかわからない。わからないが、叫びたい。こぶしを振り上げたい。

もうたくさんだ。

こんな風にごまかされ、うやむやにされてしまうのは、もう嫌だ。

学頭にしても父上にしてもあまりに我らを蔑《ないがし》ろにしすぎる。若いからとはいえ、学生だからとはいえ、いつもいつも大人の言いつけ通り、忠実に動けはしない。確かに見たものを幻にし、確かに聞いたことを空耳にはできない。できるものか。

おれたちにだって意思があり、心があり、頭がある。立場も都合も守り通さねばならない決め事もあるのだ。

軽んじないでもらいたい。

お豊が茶を運んできた。気色ばんだ新吾と無表情の兵馬之介の面を素早くみやり、茶を置くとそそくさと立ち去る。

「そなたはどう思う」

兵馬之介が湯呑《ゆのみ》を手にして、栄太に問うた。

「わたし……ですか」

「そうだ。そなたは謂《い》わば、狂犬に噛まれたようなものだ。とんでもない災難に見舞われた正身《そうじみ》として、どのように考えておるか」

栄太が息を呑み込んだ。そのくぐもった音が聞こえるようだ。新吾も弘太郎も我知らず栄太の白い顔を凝視していた。

ややあって、栄太は俯き加減だった顔を上げ、真正面から兵馬之介に向けた。

「狂犬ではありません、人です」

細いけれどきっぱりとした口調だった。

「わたしを襲った者たちは、みな人です。犬でも狼でもありません。人だからこそ人として、罪を贖《つぐな》うべきでした。そしてあの者たちに科された罰は決して、決して……闇に紛れて葬られるものではなかった。日の下で裁かれるべきものであったはずです。ですから、間違っている」

栄太が唾を呑み込んだ。

「間違っています。鳥羽さまの仰せのようにわたしが襲われたことと関わりなく、常磐橋の事件が起こったとしたのなら……それはやはり、間違っている。どんなわけがあっても、あんなやり方で人を殺《あや》めていいはずがありません。下手人はみんな……それが、お武家さまであっても、一人残らず捕らえられ、裁きを受けるべきです。それが為《な》されないとしたら、この国は、石久藩は正道を踏み外していることになる」

「口を慎め」

兵馬之介が僅かだが声を荒らげた。

「そなたの身分で、国のあり様を謗《そし》るとは許されぬ所業ぞ」

「誇ってなどおりません。思うところを述べよと鳥羽さまが命ぜられたから、述べたまでのこと。鳥羽さま、国の礎は人です。人あっての国です。人の命を疎かにして立ち行くわけがない。そう申し上げているのです。人の世の然《しか》るべき則《のり》にのっとり、裁かれるべき者を裁いてこその国ではありませぬか。わたしはそう考えております」

うーむと唸ったのは弘太郎だった。

「さすがに稀代《きたい》の秀才は違うな。まるで、講義を受けているようではないか。人あっての国か。なるほど、なるほど納得したぞ」

「おまえが納得してどうするんだ」

弘太郎の脇腹を肘《ひじ》で突く。思いの外、深く入った。弘太郎が軽く咳《せ》き込んだ。

「あっ、すまん」

「げほっ、げほっ。もう少し友を労《いた》われ。おれあってのおまえなんだからな。げほっ」

「わざとらしい咳《せき》をするな。それに、おまえなくとも、おれはいっかな応《こた》えんからな」

「ついつい、そういう可愛くない口を利くのがおまえの悪目《あくめ》だぞ。早く治して、素直になれ」

兵馬之介が苦笑する。

「どうも、おまえたちと栄太の間には相当の開きがあるようだな。傍《はた》で見ているだけで明白にわかる」

「頭では及びませんが、他のことなら負けません」

弘太郎が胸を張る。苦笑を浮かべたまま、兵馬之介が尋ねる。

「他のこととは如何なるものだ」

「それは、えっと……たとえば水練、そう、泳ぎなら誰にも負けぬと言い切れます」

「ほう、水練か」

「弘太郎は神伝《しんでん》流の達人なのです。遠泳だけでなく、抜き手も潜りも薫風館一です」

新吾が告げると、さすがに弘太郎の頬が上気した。

「いやいや、そこまではちょっと……」

「今更、照れることもあるまい」

「まあ、剣では新吾と互角……より、少し下かもしれんが、水の中なら負けぬというわけです」

「なるほど。三者三様、他にはない持ち味があるわけだ。なかなかに心強いな。そなたたちが長じて、己の才を生かし、それぞれの立場で藩を支えていけるなら、我が石久藩も安泰だな。そのような向後を目指し励まねばならんぞ」

「はい。肚に銘じて精進いたします」

弘太郎はそう答え頭を低くしたが、新吾は黙したまま動けなかった。父の真意が窺《うかが》えない。

藩の安泰のために励めという一言は、栄太の人あっての国だとの言明をやんわりとだが否んではいまいか。藩に尽くしてこその人だと父は告げている。そんな気がする。だから、素直にうなずけない。新吾だとて武士の子だ。生まれ落ちたときから、主君への忠義を貫いて生きるよう躾《しつ》けられてきた。それに異を唱える気は毛頭ない。しかし、その主君が治める藩の、石久の国の得体が知れぬとしたら、どうすればいいのだ。

大人たちの政争があり、思惑が渦巻き、少年たちをなぶり殺す残虐が跋扈《ばっこ》しているとなると唯々諾々と服《まつら》うわけにはいかぬと思う。それとも、こんな風に思うことそのものが、武士の道に外れているのだろうか。人としての道、武士としての道は寸分のずれもなく重なるものか。重ならず、ずれが生じるとすれば、どちらの道を選ぶべきなのか。

答えの見出《みいだ》せない問いばかりが、頭の中を巡っている。慌てふためき飛び立つ鳥の群れのようだ。ぶつかり、乱れ、ざわめき、さらに乱れる。

「では、重ねて尋ねるが」

兵馬之介が栄太に視線を戻す。新吾の内の惑いなどまるで気付かぬ、あるいは、意に介さぬ風だ。

「常磐橋の件とそなたの件が関わり合っているというのなら、それはどのようなものだ」

「え？」

栄太が目を見開く。

「そなたを痛めつけただけが因《もと》で、あのような事件が起こったとは考えられまい。そなたに関わり、かつ、あの者たちが斬殺されねばならなかった事由は何と考えておる」

それについて、新吾たちも何度も話し合ってきた。顔を寄せ合い、首を捻《ひね》り、語り合った。まだ、確かなものは何一つ、摑めていない。栄太が静かに息を吐いた。

「わかりません」

「心当たりはまったくないと言うか」

「ありません。あの夜、講義を受け、思いの外遅くなり、ただ帰路を急いでおりました。そのときに、突然……暗がりから……いくつかの影が飛び出してきて……」

栄太が額を押さえる。汗が滲《にじ》んでいた。

「よく考えてみろ。そなたを襲ったが故に惨禍に見舞われたのなら、そなたこそがその因を運んだことになる。何かあるのだ。そこを突き詰めてみろ」

「それは……それは……」

ぽたり、ぽたり、汗が滴る。

「思い出せないのです。思い出したいのに、そのあたりだけが曖昧《あいまい》で……どうしても……」

「そなたしか答えられる者はおらぬのだぞ」

「止めてください」

腰を上げ、栄太と父の間に割って入る。

「栄太はまだ快復しきっていないのです。無理強いは止めてください。無理をさせれば、また体調を崩しかねない。どうか、ご容赦願います」

父を睨む。牛馬の尻を叩くように、栄太を煽《あお》る父がひどく無慈悲に感じられた。同じだ。

父上も学頭も同じように、無理やり栄太から何かを聞き出そうとしている。その何かがわからない。わからないが、腹は立つ。憤りに身体が熱くなる。

栄太は牛馬ではない。人だ。この人はそんなことすら見えていないのか。

「そうか、わしの配慮が足らなんだか。すまぬ」

兵馬之介はあっさりと詫《わ》び、腰を上げた。顔色はまったく変わっていない。

「確かにまずは快復をはかることが肝要だ。養生するがよい」

それだけを言い置いて、座敷を出て行く。

微かに香が匂った。

その夜、新吾は寝付けなかった。

胸が痞《つか》えたようで悪心さえ覚える。

父と向かい合っての夕餉がこなれていないのかもしれない。弘太郎がいてくれたから、気まずさは幾分和らいだものの、胸のわだかまりが消えたわけではなかった。

父はなぜ、今宵《こよい》、帰ってきたのだ。

栄太を問い質《ただ》すためか。だとしたら、何を聞き出そうとしているのだ。それは、薫風館を探れとの命と繋がるのか。

あれこれ思い巡らせていると、小豆飯も豆腐汁も鮎《あゆ》の甘露煮も味気なく、紙を食《は》んでいるようだった。

くそっ、何なんだ。どうしてこうも謎だらけなのだ。

眠れない。疲れているのに、眼がさえ、気持ちは昂るばかりだ。

くそっ。

眠れないことさえ悔しくて、寝返りを打つ。何度目か身体の向きを変えたとき、
うん？

新吾は身を起こした。

蛙《かえる》が鳴いていない。庭でさっきまで喧《かまびす》しかった蛙の声が止んでいる。その代わりのように足音が聞こえた。

微かな、微かな音だ。

一つではない。二つ、三つ、四つ、五つ……。

夜盗か。

剣を手に取る。

殺気に近い尖った気配が伝わってきた。

耳を澄ます。足音は止み、夜の静寂《しじま》が新吾を包み込む。

新吾はゆっくりと立ち上がった。

気配が急に尖《とが》る。

雨戸が倒れる重い音が聞こえた。

「ぐわっ」「おのれ」「回れ、右に回れ」

幾つかの乱れた足音とともに男たちの叫び声が響く。

新吾は太刀を手に廊下に飛び出した。

黒い廊下の中ほどに月明かりが差し込んでいる。光の帯は蒼白《あおじろ》く、磨き込まれた床を照らし出す。そこに、覆面の男が一人、駆け込んできた。

「不届き者が！」

一喝し、振り向いた男の鳩尾《みぞおち》にこぶしをめり込ませる。

男は声も立てず、庭に転がり落ちた。

「父上」

庭で賊の一人と対峙《たいじ》していた兵馬之介が刃《やいば》をかわしながら一言、「かまうな」と告げた。落ち着いた、乱れのない声音だった。その足元に男がうずくまり、呻《うめ》いている。肩から血が噴き出していた。

「ここはよい。奥だ。栄太を守れ」

奥。栄太。

黒い影が二つ、庭を横切っている。

「行け、早く」

父が命じるより先に、新吾は庭に飛び降り走る。男の一人は既に、雨戸を蹴破《けやぶ》っていた。

足が滑った。逸《はや》る心がかえって動きを鈍くしている。

くそっ。

唇を噛《か》み締め、新吾は地を蹴った。蹴りながら鞘《さや》を払う。月光を弾《はじ》き、刀身が蒼く煌《きら》めいた。

「栄太っ」

座敷に踏み込んだ一瞬、新吾は息を呑《の》んだ。

依子が立っている。

小太刀を構えていた。揺るぎない構えだ。

「この屋敷で、狼藉《ろうぜき》は許しませぬぞ」

依子が男たちを睨《にら》みつける。その眼差《まなざ》しも揺るぎない。

「小賢《こざか》しい女めが」

男の一人が吐き捨てると、依子に飛びかかっていった。新吾は自分に向かってきた男の一太刀を受け止め、弾き返す。下がった相手の脇《わき》に僅《わず》かな隙が見えた。迷いなくそこを攻める。男は辛うじてかわし、さらに退《すさ》った。

新吾は身を翻した。依子が小太刀を摑《つか》んだまま、尻餅《しりもち》をついている。男の一撃に弾き飛ばされたのだ。

「母上！」

満身の力を込めて振り下ろした新吾の一太刀は、いとも容易《たやす》く跳ね返された。剛力で速い。相当の遣い手だ。

新吾は生唾《なまつば》を呑み込んだ。

「小童《こわっぱ》が、死ね」

男が吼《ほ》える。ずんと腹に響く咆哮《ほうこう》だ。その勢いのまま、太刀が呻《うな》りをあげた。避《よ》ける間はない。

腰を落とし、受け止める。

指先から肘《ひじ》まで痺《しび》れた。滑り落ちそうになる柄《つか》を必死で摑み、新吾は歯を食いしばった。

覆面の奥で血走った眼が細められる。

笑ったのだ。

残酷な笑みだった。兎を捕らえた狐なら、こんな笑み方をするのかもしれない。

残酷な笑み、そして、人を殺すことに何の躊躇《ためら》いもない者の笑みだった。悪寒がする。

そして頭の中で火花が散った。

もしかしたら、こいつが。

眼前のこの男が、阿部たちを殺したのではないか。無慈悲に葬りさったのではないか。

男の眼が瞬いた。次の瞬間、身体が宙に浮く。男が足払いをかけてきたのだ。新吾は畳の上に横倒しになった。

「死ね」

男の全身から殺気がほとばしる。上段にかざした刃がぬめぬめと光った。奇怪な角にも見紛《みまが》いそうだ。

「新吾ーっ」

依子が悲鳴を上げる。刃が光る。新吾は目を見開いたまま動けなかった。一瞬、全ての音が消えた。底無しの静寂の中で刃だけが光を放っている。

「鳥羽さん、顔を伏せて」

栄太の声だ。同時に白い塊が男の顔面を直撃した。灰色の煙が四方に散る。

「ぎゃっ」

男が叫びながらのけぞった。刀を放り出し、両手で顔を覆う。

「ひいっ……痛い……目が、目が見えん」

「もう一丁」

白い塊がまた飛んでくる。男の手がそれを払った。新吾のすぐ近くに転がる。とたん、目と喉《のど》に焼けつくような痛みを感じた。

「引け、引け」

「仲間を置いていくな。刀を拾え」

「曲者《くせもの》だ。曲者が逃げるぞ」

男たちの引き攣《つ》った声、若党の怒声、足音……。咳《せ》き込みながら、新吾は遠ざかる物音を聞いていた。目が開けられない。ひりひりと染みて、涙が零《こぼ》れる。

「鳥羽さん、すみません。これで早く拭《ふ》いてください」

水のたっぷり染みた手拭《てぬぐ》いが目に当てられる。心地よい冷たさだ。

「大丈夫ですか。天井守《てんじょうまもり》の粉だからかなり痛みますよね」

「天井守……」

「唐辛子のことです。天井から吊《つ》るして邪気を払うんです」

新吾は何とか目を開けて、傍らに転がる塊を見た。白い布袋だ。大人のこぶしよりやや小さい。布の表面には赤い粉がびっしりと浮いていた。確かに、唐辛子だ。鼻の奥まで痛い。

「唐辛子と山椒《さんしょう》の粉を灰と一緒にして包んだ物です。邪気じゃなくて曲者払いに使えました」

栄太がにっと笑った。

「鳥崖では山に入るとき必ずこれを持参します。山中で熊に出遭ったときの用心にです」

なるほどこれをぶつけられたら、熊とはいえ怯《ひる》むだろう。

「昨夜、二人で作ったんですよ」

お豊が依子を支えながら、やはりにっと笑う。

「お豊、おまえ、どこから現れたんだ」

「新吾さま、人をそれこそ熊みたいに言わないでくださいまし。依子さまと御一緒に隣の部屋におりましたよ」

「わたしが呼んだのです。どうしてだか寝付けなくて……。お豊、明かりをつけて」

「あ、はい。ただいま」

お豊が行灯《あんどん》をつける。月明かりの届かない部屋の隅から闇が払われた。その明かりの中で依子が、髪と身形《みなり》の乱れを直す。お豊が手際よくそれを助けていた。

誰にも怪我はないようだ。安堵《あんど》する。

「栄太、熊除《くまよ》けを用意していたというのは、つまり、この来襲を予期していたというわけか」

「いえ……ただ、もしかしたらとは考えました。藩学の方々があのような亡くなり方をし、それがわたしに関わっているとなると……次に狙われるのはわたし自身ではないかと……。わたしは、剣が使えません。もし何かあれば、鳥羽さんはわたしを守ろうとしてくれるでしょう。でも……鳥羽さんの足手まといにだけはなりたくなかった。どうしたらいいだろうと考えて、ふっと熊除けのことが浮かんだんです。それでお豊さんに相談しました」

「あんなに見事に命中させるなんて、栄太さんの腕前はお見事でしたね。つい手を叩《たた》きたくなりましたよ」

「お豊、調子にのるでない。でも、おまえは意外に度胸があるのですね。見直しました」

「奥さまが敵に向かっておられるのに、わたしが逃げ出すわけにはいきません。当たり前のことです」

お豊が胸を張り、鼻から息を吐き出した。

威張っているのか、威嚇しているのかわからないような仕草に、つい笑ってしまう。

こういうときでも笑わせてくれるのだから、お豊はなかなかに大物かもしれない。そんなことを思うゆとりも出てきた。

「みな、無事か」

兵馬之介が入ってくる。とたん、空気が張り詰めた。

「まあ、お怪我を」

依子が腰を浮かせる。

兵馬之介の右袖《そで》が斬り裂かれ血が滲《にじ》んでいた。

「すぐにお手当てをいたします。お豊、薬籠《やくろう》を」

お豊が素早く立ち上がる。

「大事ない。かすり傷だ。しかし、おれも衰えたものだな。あの程度の賊を相手に立ち回っただけで、息が切れるとは……」

「父上」

新吾は胡坐《あぐら》をかいた父ににじり寄った。

「父上はこのことを……賊が襲ってくることを予《あらかじ》めご存じだったのですか」

知っていたのだ。だからこそ、帰ってきた。父が帰ってきたその夜に賊が押し入った。それをたまたまと納得できるほど、子どもではない。

兵馬之介は答えない。

「父上、ご返答ください。あの賊どもは何者です。誰の手の者ですか。何のために我が屋敷に押し入ったのです。栄太を狙うためですか。やつらは栄太をどうするつもりだったのです。全て知っておられるのでしょう。お答えください」

「新吾、父上さまに対し口が過ぎますよ。お慎みなさい」

傷の手当てをしながら、依子が窘《たしな》めてくる。

「母上は口を出されますな。わたしは父上にお尋ねしておるのです」

「まっ、新吾」

依子の顔面がみるみる強張《こわば》っていった。

「わたしは、鳥羽家の当主です」

一息に言い放つ。口にしてから驚いた。

鳥羽家の後嗣として家督を継ぐ日がいつかくる。頭ではわかっていた。しかし、己の意としてとらえたことはない。が、今口からもれたのは、決意に満ちた一言ではないか。

「父上は、自らのご意志によって鳥羽の家を出て行かれた。であれば、ただ一人の男子たるわたしが当主となります。鳥羽の屋敷内で起こったことを、うやむやにするわけには参りません」

そうだ、ごまかされるのはもうたくさんだ。

阿部たちは殺された。

栄太は狙われた。

母上もお豊もおれも、一歩間違えば殺されていたのだ。

人を殺すことも厭《いと》わぬ眼、角のようにそそり立った刃、押し寄せてきた殺気。やつらは本気だったのだ。本気で襲いかかってきた。そういう狂気に立ち向かうためにも、知らねばならない。知らねばならないのだ。その覚悟はできている。

「お話し願いますぞ、父上」

兵馬之介が顔を歪《ゆが》めた。小さく唸《うな》る。

「依子、そこまで強く縛らずともよい。かえって痛みが増す」

「そうでございますか。しかし強く結びませぬと血止めにはなりませんでしょう……」

依子は新吾をちらりと見やると、ため息を一つ吐き出した。それだけですぐに、目を伏せた。いつもの気強い姿はない。

代わりのように兵馬之介が吐息を零《こぼ》した。

「わしにも、まだ、わからぬのだ」

「父上」

「新吾、誤解するでないぞ。わしは何も隠し立てしようとしているのではない。まだ、話すべきことを手にしていないのだ。いや……話すべきことはある。しかし、どれもまだ確かな証《あかし》が摑めぬ。確かでないものを口にするのは憚《はばか》られる」

兵馬之介は身体の向きを変え、正面から息子を見詰めた。

「新吾、父を信じて暫《しば》し待て」

新吾は顎《あご》を引く。

待てば答えをくれるのか。そう、問いたい。しかし、唇を結びこらえる。父の双眸《そうぼう》が強い光を湛《たた》えていたからだ。こういう眼をするとき、兵馬之介は巌《いわお》になる。ぶつかっていっても、傷一つつけられない。何もかもを跳ね返してしまう。それに一つ、新たな疑念がわいた。胸の奥底から、存外な力で新吾を突き上げてくる。

「父上は何をしておいでなのです」

兵馬之介の眉間《みけん》に皺《しわ》が寄った。かなり深い。

「役を解かれ、この屋敷を出て何をしておいでなのです」

鳥羽家は代々組頭を務める家筋ではあったが、巴との一件が明るみに出て、兵馬之介は任を解かれ無役となった。女のために家を出た男の行動は、恰好の噂になり、ちょっとした騒ぎにもなり、藩としても捨て置けなかったのだ。

父は女のために、巴のために、家も妻子も己の面目も役職も全て捨て去ったのだ。

と、今の今まで信じていた。

それが揺らぐ。

そうなのか、本当に？

兵馬之介はいつも飄々《ひょうひょう》としていた。悲愴《ひそう》さも世捨て人の暗さもない。家を出る前も後も、どこといって変わりはないように見えた。それを新吾は、自分の眼の未熟さだと考えていた。父の奥の変容を読みとれない、感じとれない未熟さゆえだと。

けれど、兵馬之介自身が何ら変わっていなかったとしたら、どうなのだ。なにより、あの命。薫風館を探れという命は世捨て人にはおよそ不釣り合いではなかったか。

疑念が渦巻く。膨れ上がる。のたうつ。

「父上には、我らの知らぬ役目がおありなのか」

兵馬之介が立ち上がる。新吾の吐き出した問い掛けから身をさけるように、背を向ける。

「邪魔をしたな、ご当主どの。その件については、また後に」

「父上！」

縋《すが》りつくのはさすがに憚られた。依子も立ち上がる。

「お帰りになるのですか」

「うむ」

「新吾の言う通りです。どのような事情があるにしろ、鳥羽家の当主は新吾でありましょう。よう、心にお刻みください。兵馬之介どの。わたしたちはわたしたちなりに、この屋敷で生きております。これからも変わりなくそうするでしょう。それもまた、お忘れなきようにお願いいたします」

依子が優雅な仕草で頭を下げる。いつもの挑むような物言いではなかった。語尾が儚《はかな》げに消えていく。

兵馬之介が大きく息を吸った。頬が微《かす》かに震えた。

「……わかった。二人とも達者でおれ」

兵馬之介が廊下に出て行く。見送るつもりなのか、依子とお豊が後に続いた。父の足音より母の衣擦《きぬず》れの音がくっきりと耳に届いてくる。

「鳥羽さん……」

二つの音が遠ざかり消えたとき、栄太が声を掛けてきた。遠慮がちな掠《かす》れた声だった。

「鳥羽さん……、思い出しました」

「え？」

振り返る。栄太と視線が絡んだ。

「思い出したって……栄太、まさか……」

「ええ。書状です。思い出しました。わたしは書状を預かっていたんです。そのことを思い出しました。いえ、本当は徐々に思い出していました。でも、それを鳥羽さんと間宮さん以外には伝えたくなかった。誰が味方か敵か判断できないからです、不用意にしゃべってはいけない……そんな気がして」

「待て」

栄太を制し、新吾は障子戸を閉めた。閉める前に廊下を確かめる。廊下も庭も静まり返っている。蛙さえ鳴かない。夜は、先ほどの乱闘の痕跡《こんせき》を呑み込み消し去ろうとしているのだろうか。

「その書状は誰からのものだ」

「書いた方が誰なのかはわかりません。磯畑軍平先生から渡されました」

「磯畑軍平？」

「江戸から見えられた町見家の先生です。日の本一の町見の技を持っておられます」

「ああ、そうだ。おまえはその講義を聴きに出向いたのだな」

「そうです。講義自体はすばらしく、目が覚めるような想いがしたものです。それで……講義が終わったとき、先生に呼び止められて書状を預かりました。これを学頭に渡してくれと」

「佐久間先生に？」

「そうです。佐久間先生は江戸で磯畑先生に何度か講義したことがある、いわば師弟の仲であるとおっしゃっていました。お互い忙しくて会えぬので書状を認《したた》めた。渡してくれと」

「……ふーん、確か、おまえが講義に参加できるよう取り計らってくれたのも学頭だったな」

「そうです。わたしも磯畑先生の高名は存じていましたから、講義が聴けると知って天にも昇る心持ちになったものです。書状を渡されたときも怪しみはしませんでした」

「そうだな。ちゃんと筋は通っている」

栄太は書状を懐に薫風館への道を急いだ。学生のための寮に入っているのだ。学業が優秀と認められれば、五人に限り費用は全て免除される。むろん、栄太は上位五人に必ず名を連ねていた。

「帰路、町外れの雑木林まできたとき、突然、数人に囲まれて……殴りつけられました」

栄太が身体を震わせる。頬から血の気が失《う》せた。しかし、口調も声音もしっかりとしていて乱れはない。

「わたしは、とっさに書状を隠したんです。破られたり汚されたりしたらと思って」

「おまえ、そんなときに書状の方を心配してたのか」

「渡されたとき、磯畑先生からくれぐれも頼むと言われていたのです。師のために想いを綴《つづ》った大切な文だから、必ず届けてくれと。そのとき、ほんの少しですが心に引っ掛かりました」

「というと」

「磯畑先生が必死の眼をしておられたからです。怖いほど真剣な目でした。いくら師弟だからと言って、書状一つにそんなに真剣になるなんて解せないではありませんか。そこまで大切な物なら、無理をしてでも自分で届けるだろうし……。その前に会いにいけばいいでしょう。その一時さえ捻出《ねんしゅつ》できないほどなのかと奇妙に感じました」

「確かにそうだな。その町見家の先生はまだ、こちらにいるのか」

「講義の翌日には京に向けて旅立つとおっしゃっていました」

「そうか……本当に旅立ったんだろうかな」

「え？　まだ、こちらにいると」

「いや、もしかして……殺されたかもと思ったのだ」

「殺された」

栄太が目を見開く。喉元がこくこくと上下した。

「いや、ただそう思っただけだ。殺されて闇から闇に葬られたんじゃないかとな。阿部たちの死に様を思い返せば、ふっとそんな気にもなったのだ」

「そんな……そんなことが……」

「おれにはわからん。ただ、残虐を平気で行えるやつらが確かにいる。そいつらを使っている者がいる。それだけは確かだろう」

「鳥羽さん……」

栄太が泣きそうな顔つきになる。新吾は丹田に力を込めた。でないと、自分もまた同じ顔をしてしまう。

この世が桃源郷だなんて些《いささ》かも思わない。心清い、優しい人々が集い、諍いもなく、互いを思いやりながら暮らしている。そんな場所はどこにもありはしないのだ。桃源郷ではない。むしろ修羅界だ。人と人とが殺し合う。

わかっている。わかっている。しかし、信じたくもあった。優しいもの、尊いもの、温かいものもまたあるのだと。

だから泣きそうになる。

その表情を振り払い、栄太が続けた。

「わたしはとっさに、書状を洞に隠しました」

「洞？」

「はい。何の木か暗くてわかりませんでしたが、わたしは一本の木を背に立っていたんです。そこに書状を突っ込みました。それが逃げる仕草にでも見えたのかどうか……黒い影が飛びかかってきて、腹を殴られました。地面に転がったところを棒のようなもので頭を叩かれて……。後は……覚えていません。気を失ってしまって……。誰かに担がれたような気もしますが……わかりません。気がついたら、寝かされていて、鳥羽さんの声が聞こえて、顔が見えて……」

そこで初めて、栄太は笑んだ。

「あのとき、助かったと思いました。また、鳥羽さんや間宮さんと会えた。生きてるんだと……」

「うん」

子どものように、こくこくと首を倒していた。

おれもそうだった。栄太の静かに開けられた眼を見たとき、また会えたと感じた。長い旅路の果てに、また巡り会えたと、そんな気がした。

「わたしが知っているのは、それだけです」

栄太がきっぱりと告げた。

「その雑木林の場所はわかるな」

「わかります。本草寺《ほんそうじ》近くの林です」

本草寺は城下の外れにある古刹《こさつ》だった。三代目藩主の母が、この寺に所縁《ゆかり》の女人であったと聞いた覚えがある。

その周りは椎《しい》や楓《かえで》の美しい雑木林となっていた。

あそこか……。

「本草寺近くの雑木林か。その中の洞のある木だな」

「はい。細道のすぐ傍らでした。林の真ん中あたりではなかったかと……でもあまり確かではありません」

「わかった。明日、いってみる。いって捜してみる」

「え、でも、わたしの覚えがあやふやなのにわかりますか」

「道の傍らの洞のある木。それを手掛かりにすればいい」

「でも、鳥羽さん」

栄太がこくりと息を呑んだ。

「その木が見つかったとして、書状がまだあるのかどうか……」

「なければないでいい。ともかく、捜してみる。何もしないでいるより、ずっといいだろう」

何もしないでいるより、わからないままでいるより、ずっといい。

本当にそうだろうか。

何もしない方が、わからないままの方がいいのではないか。これ以上、剣呑《けんのん》な道に踏み込むのは愚ではないのか。

いや違う。

己の問いに、己で答える。

おれたちはもう巻き込まれている。このまま手をこまねいていたら、ただ流され、呑み込まれ、飛び散るだけだ。

おめおめと流されるものか。容易く、殺されはしない。おれとおれの大切な人々の命を守り通してみせる。

新吾は膝《ひざ》の上で固くこぶしを握った。

「わたしも行きます」

栄太が言う。やはり、膝でこぶしを握り締めていた。

「わたしも行きますよ、鳥羽さん」

そうだなと首肯する。どんなに止めても、栄太は一緒に来るだろう。華奢《きゃしゃ》な身体の中になかなか強情で一途《いちず》な性質が宿っているのは、知り尽くしている。

「では、弘太郎にも声を掛けないといかんな」

「当然です。黙っていたら、間宮さんがどれほど怒るか」

「だな。頭から湯気が出るかもな。それはそれで見ものだが」

新吾と栄太は声を合わせて笑った。

「よし、明日だ、栄太」

「はい」

立ち上がった新吾を見上げ、栄太が唇を結んだ。

十二　風に向かう

木々の間を縫って吹いてくる風は驚くほど涼やかで、額や首筋の汗が瞬く間に乾いてしまう。

林の中では季節が一足早く進むものなのか。それとも、人の世の騒擾《そうじょう》に心を奪われ過ぎて、季節の移ろいを捉《とら》えきれずにいたのか。

新吾は足を止め、頭上に目を向けた。

びっしりと葉を茂らせた枝が空を半ば覆っている。それでも、陽の光は木漏れ日となり、透き通っていながら煌《きら》めく帯ともなって、地に注いでいた。木々の根元に貼り付いた苔《こけ》が光を浴び、翡翠《ひすい》色に輝く。数匹の小さな蝶《ちょう》がその上を飛び交っている。翅《はね》の白さが目に染みた。

ひっそりと静かな、しかし、目を瞠《みは》るほど美しい光景だった。

「きれいですね」

栄太がほっと息を吐いた。

「ああ。こんなきれいなものが近くにあったんだな。まるで気が付かなかった」

「……生きているから見られる……」

栄太の口調にはしみじみとした感慨が籠《こ》もっていた。

確かにそうだ。この風もこの光もこの美しさも、生きていてこそ味わえる。人は死ねばどうなるのか。むろん、新吾は知らない。

幼いころ、鳥羽家の菩提《ぼだい》寺に参った折、地獄絵を見せられたことがある。ずい分と古い物で、黄ばんだ紙のあちこちに地獄が描かれ、冥鬼《めいき》たちが罪人たちを呵責《かしゃく》していた。熱鉄の斧《おの》で切り裂かれ、鉄山に潰《つぶ》され、剣樹、刀山で串刺しにされる亡者たちを指差しながら、

「ほら、ごらんなさい。生きている間に正しくあらねば、死んだ後、このような責め苦を味わうのですよ」

と、依子が囁《ささや》いた。地獄絵そのものより、母の潜めた声や本堂の薄暗さが不気味で泣きそうになったのを覚えている。

新吾が思い浮かべる死後の世とは、あの地獄絵か蓮《はす》の上に仏が鎮座している極楽浄土の図ぐらいだ。どちらもあまり生々しくは迫ってこない。しかし、目の前の現《うつつ》の風景は本物だ。手に触れ、目に見え、肌に感じる。

阿部たちはもう、触れることも見ることも敵《かな》わない。

あいつら、どうしているのかな。

西方十万億土の彼方《かなた》にあるという極楽に辿《たど》り着けたのか。賽《さい》の河原あたりを彷徨《さまよ》って

いるのか。

「おい、二人ともあまりに爺臭《じじくさ》いぞ。そういう話は、頭の天辺《てっぺん》が禿《は》げてからにしろ」

弘太郎が、鼻息も荒く言う。

新吾と栄太は同時に肩を竦《すく》めた。

「栄太、この木で間違いないな」

弘太郎が一本の立木を叩《たた》いた。

何の木だろう。葉の縁が鋸歯《きょし》となっている。艶々《つやつや》とした深い緑色をしていた。弘太郎でもやっと抱えられるほどの幹の太さだった。その幹の地上から二尺ばかりのところに洞がある。底に土が溜《た》まり、やはり苔がびっしりと生えていた。こちらは暗緑色をしている。

「ええ、この木です。樫《かし》ですね」

栄太がごつごつした幹にそっと手をやった。

さほど広くないとはいえ、林の中で一本の木を捜す。そうとうに困難だろう。一日仕事になるなと覚悟していたのだが、僅《わず》か四半刻《はんとき》ばかりで栄太はその木を捜し出した。

「山深い地で育ちましたから。木は友人みたいなものです。一本一本姿が違うし、感じが違う。それがわかります。でも、正直に言うと、ここに来るまで不安でした。あれは夜だったし、動転していたし、覚えがあやふやになってちゃんと見つけ出せるかどうか……。でも、来てみるとちゃんとわかりました。これです」

栄太は愛《いと》しそうに木の幹を撫《な》でた。

「なるほど、木は友のようなものか。とすれば、栄太からすれば、おれたちも木みたいなものってわけだ」

弘太郎が腕組みしながら一人うなずく。

「え？　いや、そんな風には考えていませんでしたが」

「いやいや、隠すな。そうか木か。おれなんか、さしずめ松の大樹といったところだろうな。大地に根を張り、堂々と枝を広げ、天を衝《つ》く。そして、風雪に耐え千年を生きる。うーん、自分で言うのも何だが、まさにおれに相応《ふさわ》しい偉容ではないか」

「弘太郎は柏《かしわ》ぐらいじゃないか。葉っぱが柏餅《もち》には欠かせない木だぞ。それとも桜餅の桜か。あ、もしかしたら蓬《よもぎ》餅の蓬かもしれんな」

「新吾、おまえは馬鹿か。蓬は草だ。木じゃないだろうが」

「餅には使うぞ」

「誰が餅の話なんかしている」

栄太がくすっと笑い声を漏らした。臥《ふ》せっていた間に色が抜け、蒼白《あおじろ》くなった頰に赤みが差した。それだけで、生き生きとした表情になる。木漏れ日が赤い頰の上で微《かす》かに瞬いた。風が木々の枝を揺らしたのだ。

「しかし、この木に間違いないとなると、やはりなかったたな」

弘太郎が洞を覗《のぞ》き込む。さっきから、何度も繰り返している仕草だ。洞の中は空っぽだった。何もない。

栄太の事件が起こってから今日までの日数を考えれば、なくて当たり前だ。ここにそのまま残っている見込みなど、皆無だろう。

と、覚悟をしていたはずなのに、実際、洞が洞のまま何一つ忍ばせていないとわかったとき、軽く落胆してしまった。心のどこかで、もしやの思いを抱いていたらしい。

我ながら甘いな。

新吾が苦笑いをもらしたとき、弘太郎が小さく叫んだ。

「おっ」

「どうした。何か見つけたか」

つい、前のめりになる。

「卵だ」

「はぁ?」

「小さい卵が三つもあるぞ」

弘太郎が洞の中を指差す。なるほど、暗緑色の苔の上に小指の先ほどもない卵が三つ並んでいる。隅の陰になる部分だったので、新吾はまるで気が付かなかった。

「ああ、蜥蜴《とかげ》の卵ですね」

栄太がさらりと言った。

「へえ、蜥蜴の卵って、案外小さいんだ」

新吾はしきりに感心している弘太郎の背中を叩いた。肉を打つ音が林に響いた。

「いてっ、何するんだ」

「蜥蜴の卵なんかに一々気を取られるな。こっちは必死で、書状を捜してるんだぞ」

「必死になろうが、適当にやろうがないものはない。あるのは、蜥蜴の卵だけだ」

新吾は黙り込んだ。弘太郎の言う通りだ。ないものはない。焦っても、落胆しても、ため息を吐いてもどうしようもない。

とすれば、どうするか。

次に打つ手が浮かばなかった。

「佐久間学頭に、お詫《わ》びせねばなりません」

栄太が視線を足元に落とした。

「別に詫びることはあるまい。おまえの失策じゃないんだ」

「でも、せっかく預かった書状を失くしてしまいました」

「そんなこと気に掛けるな。あの状況の中で、とっさに書状を守ろうとしただけでもたいしたもんだぞ。第一、それほど大切な物を学生である栄太に託《ことづ》けるのが間違いなのだ。学生を厄介事に巻き込むなんて、師としては些《いささ》か配慮が足らんとおれは思うぞ」

昏々《こんこん》と眠っている栄太の荷物を奪うように持ち去った佐久間平州の後ろ姿が浮かぶ。

同時に、怒りがせり上がってきた。

みんな、身勝手すぎる。

学頭も父も肝心なことは何一つ告げようとしない。それでいて、命令だけはする。さらに、利用しようと図る。自分たちが大人だから、親だから、おれたちが世を知らぬ若輩だから、許されるとでも考えているのか。それなら、違う。間違っている。おれたちは駒じゃない。好きなように動かされてたまるものか。

「鳥羽さん？」

栄太が覗き込んでくる。

「どうかしましたか」

「あ、いや……」

栄太の眼差《まなざ》しから逃れるように顔を背ける。農民の身である栄太にとって、大人の、武家の身勝手さは骨身に染みているはずだ。だからこそ、町見家になると誓ったのだ。自分たちの暮らしを自分たちの手で豊かにする道を探ろうとしている。弘太郎だってそうだ。間宮家は三十石足らずの軽輩だ。苦労も、無体も、道理に反する扱いも嫌というほど味わってきただろう。燻《くすぶ》る怒りに苦しんできたのだ。身分が違えば人は人として扱われなくなる。犬や猫、家畜、いや道端の土塊《つちくれ》と変わらなくなるのだ。けれど人は人だ。土塊ではない。心があり、志があり、想いがある。

蔑《ないがし》ろにされてたまるものか。

心の底から思う。

甘いのはわかっている。栄太はもちろん弘太郎と比べても、ずい分と甘えて生きてきた。薫風館に転学しなければ、栄太や弘太郎に出逢《であ》わなければ、甘えたままであったかもしれない。己の甘さを悟れぬままであったかもしれない。

でも、今、おれは薫風館の学生だ。

新吾はこぶしを握る。

大切な場所があり、大切な友がいる。己の甘さも少しだが見えている。そのうえで、怒るのだ。怒らねば、大切なものを守れない。

「学頭に会おう」

栄太の眸《ひとみ》を見返し告げる。

「詫びるためではなくて、問うためにだ」

「問うって……書状のことですか」

「そうだ。その某《なにがし》とかいう町見家の書状の中身について、学頭がどう思っておられるのか尋ねるのだ。おそらく、だいたいの見当はついておられるはずだ」

「ただの私信ではないと？」

「ない。もっと重要な……もしかしたら、ご家中を揺るがすような大事が記されているのかもしれん」

「なぜ、そう思われるのです」

栄太の眼に鋭い光が宿った。弘太郎も、唇を一文字に結んでいる。顎《あご》の線が強く張っていた。

「実はな……、父上から薫風館を探れと言いつかったのだ」

「ええっ」

栄太と弘太郎の声が僅かなずれもなく重なる。眼を見開き口をぽかりと開いた表情も同じだ。いつもなら、声を上げて笑ったかもしれない。しかし、唇の端は持ち上がりもしなかった。きっと、さっきの弘太郎とよく似た強張《こわば》った顔をしているだろう。

新吾は全てを打ち明けた。

父、兵馬之介からの命令、それに抗《あらが》う気持ち、迷い、兵馬之介への不信、佐久間学頭への不信……。

「うーん」

弘太郎が唸《うな》った。口をへの字に曲げ、眉間《みけん》に皺《しわ》を寄せる。

「新吾の父上や学頭まで……。そこに、あの常磐橋の事件が絡まってくるとなると、新吾の言う通り、とんでもない大事になりそうだな。今、ちょっと寒気がした」

「わたしは……信じられない」

栄太が声を震わせた。

「佐久間学頭が……そんな、ご城主暗殺の一味であるなど……信じられない」

「おれだって、信じられんさ。息子の立場で言うべきことではないが、おれは、父上の言葉を鵜呑《うの》みにしたわけじゃない。従う気もない。ただ、学頭が何かを捜していたのも、そのために栄太の荷物を持ち去ったのも事実だ」

踏む音がした。

「でも、そんな……」

栄太がいやいやをする子どものように、首を振った。そのとき、背後でかさりと草を踏む音がした。

振り返る。視線がぶつかってきた。

竹籠《たけかご》を背負った老人だった。身体の芯《しん》まで焼け込んだかと思うほど、肌が黒い。

老人は慌てて目を逸《そ》らすと、そのまま行き過ぎようとした。なぜか、引っ掛かる。

「おい、待て」

声を掛けると、老人の背がびくりと震えた。しかし、逃げ出しはしなかった。意を決したかのように、足を止め、ゆっくりと新吾に身体を向ける。険しい眼付きをしていた。

「何かご用でんかね」

問うてくる鄙《ひな》言葉にもどこか険があった。

「いや、別に用というほどではない。ただ、ご老人がおれたちを睨《にら》んでいるように感じられて、些か気になってしまってな」

なるべく丁寧に柔らかく答える。

「驚かせてしまったら、すまん」

「そうなんだ、そうなんだ。こいつは顔は悪いが、気はいたっていいやつだから。まっ、勘弁してやってくれ」

弘太郎が白い歯を見せて、にんまりと笑う。こういうとき、弘太郎の屈託のない笑顔は実に役立つ。老人が纏《まと》っていた刺々《とげとげ》しさが、みるみる消えていった。

「あ……いや、お侍さまに謝っていただくんちゃ、困りますが。ただ、この林はわしらにとって柴《しば》ぁ集めるのに重宝なとこだで、大切にしとりますが。山と違うて、わしらみてえな年寄りや女子《おなご》、子どもでも楽に集められますんでな」

「うんうん、そうだな。いい林だ」

弘太郎がうなずく。

「でがしょう。それをお侍さまたちにうろうろされちゃ、若い娘っこなんて、怖くて足を踏み入れられねえがよ。まあ、お侍さんたちはまだお若えし、お人柄も好《よ》さそうじゃありますが。この前みてえに、えらい気色ばんだお人たちだとほんに困りもので……」

「この前？　ではここに侍たちがやってきたのか」

「へえ、五、六人はいましたがね。みんな、おっかない顔してたがね。家の女子たちには、当分林に近づくなて言うとりました」

「それは、いつのことだ」

「へえ、かれこれ……一月も経ちますかいの」

一月前。栄太が襲われたころだ。

新吾は思わず息を漏らしていた。

老人は急に押し黙った新吾を上目遣いに見やり、僅かに頭を下げた。それから、足早に遠ざかっていった。

「おっかない侍たちか」

弘太郎も息を吐く。

「そいつらが書状を捜していたのは間違いないな」

「……そうだな。栄太が襲われたと知って、書状を探っていたのだろう。それで、阿部たちに辿り着いた」

栄太が顔を上げる。

「あの人たちが、わたしを襲って書状を奪ったと……勘違いしたわけですか」

「たぶんな。おれや弘太郎でなく、おまえを獲物にしたのが阿部たちの不運だった。残酷で非情な男たちに目を付けられたのだからな。やつらは阿部たちから書状の在処《ありか》を聞き出すために拷問までしたのだ。しかし、知らないことは答えようがない。阿部は……指を一本ずつ落とされながら、どんな気持ちだったか……」

「自業自得だ」

弘太郎が吐き捨てた。

「何の罪もない栄太を酷《ひど》い目に遭わせた。その罪業が我が身に降りかかってきたのだ。天網恢々《かいかい》疎にして漏らさず。天はちゃんと見ていたってわけだ」

「では、阿部を殺したやつらはどうなんだ。我が家に押し入り、栄太をさらおうとしたやつはどうなんだ。天は成敗してくれるのか」

つい、声を荒らげてしまった。

目を伏せる。

「すまん。弘太郎に怒鳴っても仕方ないな。的外れもいいとこだ」

的外れだ。では、真に怒りを向けるべき的はどこにある？

「いいさ、気持ちはわかる。それに、そいつらを裁くのは天ではなく人であらねばならんよな」

弘太郎は腕を組み、新吾に目を向けた。

「それにしても、その書状に何が記されているのか、おれたちではとうてい思い至れん。まるで、見当がつかんな」

「ああ……」

「で、必死になって捜し回っているのは、庭田ご家老か瀬島中老か……どっちなんだ」

「それも、わからん。鳥羽の家を襲ったのだから庭田側のやつらかもとは考えたが、そもそも、父上が本当に中老側についているのかどうか、はっきりしないしな……」

「嫌になるくらい、曖昧《あいまい》だな」

弘太郎が言った。顔を上げ、空を見上げる。

「何だか秋めいてきたな」

独り言のように呟《つぶや》く。

空は青く澄んでいた。夏の盛りのぎらつきは、もう窺《うかが》えない。

空も地もこんなに美しいのに、人ばかりが醜く惨く蠢《うごめ》いている。

「瀬島さんは何かご存じでしょうか」

栄太が囁くように言った。

「わたしを鳥羽さんの家まで運んでくれたのが瀬島さんだとすれば、そのとき、書状を見つけたとは考えられませんか」

「瀬島か」

そうだ。瀬島がいた。阿部たちが去った直後、瀬島はこの場所に来ているのだ。

「新吾、あいつをもう一度、呼び出すことができるか」

「ああ、やってみる」

弘太郎とうなずき合う。

瀬島孝之進が応じてくれるかどうかはわからないが、やってみるしかない。

新吾は唇を嚙《か》み、吹き通る風に背を向けた。


門の前にお豊が立っていた。

新吾たちを見つけると、転がるように駆け寄ってくる。

「新吾さま」

腕を鷲摑《わしづか》みにされる。その力もだが、眦《まなじり》の吊《つ》り上がった形相に驚いてしまう。

「ど、どうした。何かあったか」

「いつのまに、浮谷町になんてお出入りしてたんです」

「は？　浮谷町？」

浮谷町は落合町に接する色里だ。大構えの遊郭から小体な飲み屋、茶屋、曖昧屋、女郎宿、切見世等々が並ぶ歓楽の町だった。

「なに、新吾、おまえ浮谷町に行ったことがあるのか」

弘太郎の声が上ずる。

「馬鹿を言え。足を向けたことさえない。お豊、おまえ、何を勘違いしてるんだ」

「けど、女が来てますよ」

「女？」

「ええ、玄人の女です。どう見たって、玄人ですよ。浮谷町から来たってはっきり言いましたからね。新吾さまに渡したい物があるの一点張りで、半刻ばかり前から待ってますよ。まったく、奥さまがお留守のときでようございました。おられたら、どれほどお怒りになるか。ほんとにまったく」

ぶつぶつと文句を垂れ流すお豊をしり目に、新吾は門を潜《くぐ》り、家の中に入った。

女は台所の横にある小間に座っていた。

媚茶《こびちゃ》色の小紋を身に着け、髷《まげ》も同色の手絡《てがら》で飾ってあるだけだ。いたって地味な身形《みなり》だった。化粧も薄く、目立つほどの器量でもない。しかし、ちょっとした身振り、表情に色香が匂い立つ。ずるずると引き込まれそうな艶《なま》めきだった。

なるほど、これは素人ではない。

「鳥羽新吾さまですね」

開口一番、女は問うてきた。

「いかにも」

「あたしは浮谷町で置屋の女将《おかみ》をしております、きのと申します」

優雅な仕草でおきのは頭を下げた。それから、一通の紙包みを差し出した。書状だ。

上書きに、新吾の名が記されている。後ろに控えていた弘太郎と栄太が身を乗り出した。

「瀬島さまより預かっておりました。今日、鳥羽さまにお渡しするようにと」

「瀬島から」

「はい。確かにお渡しいたしましたよ」

おきのの身体から心持力が抜けた。安堵《あんど》の息が漏れる。

「よかった。お会いできなかったらどうしようかと案じていたんです。これで、お役目が果たせました」

「そなたは、瀬島とはどのような間柄なのだ」

「まっ」

新吾を見やり、おきのは二度三度瞬《まばた》きをした。

「嫌ですよ。あたしは浮谷町の女です。間柄なんて野暮なこと聞きっこなしですよ、鳥羽さま」

「瀬島はそなたの客だったわけか」

口にしてから、ずい分と露骨で不躾《ぶしつけ》だと気が付いた。おきのは気に掛ける風もなく、あっさり認めた。

「はい、ご贔屓《ひいき》にしていただいておりました。口幅ったくはありますが、瀬島さまはどことなくあたしの弟に似ていて……弟は早くに亡くなったんですけどね。あの方、眼がいつも暗くて、放っておけなかったんですよ。それでついつい馴染《なじ》みの仲になりました」

「はあ、馴染みの仲か」

弘太郎が視線を泳がせた。

「鳥羽さまのことは時折、お話に出てきましたよ。いつも、じたばた足掻《あが》いているやつだと。でも、そんな風に足掻けるのが羨《うらや》ましいともおっしゃっていましたね。自分は足掻きたくても、足掻き方がわからぬのだと」

「瀬島がそんなことを」

「ええ、おかわいそうな方でした。いつも背に重荷を括《くく》り付けているような風でしたね。あれでは背骨も軋《きし》みましょう……。でも、全て終わりました。瀬島さまは、やっと楽になれたのかもしれません」

おきのの言い方が胸に突き刺さる。鼓動が急に速まった。

「ちょっと待ってくれ。その言い方だとまるで……」

「ご自害なされたはずです」

腰が浮いていた。

口を開けたけれど、息が上手《うま》くできない。喉《のど》の奥が微かに引きつった。

「おそらく、お屋敷の居室でお腹を召されたでしょう」

「な……何で瀬島が……まさか、そんな……」

「何ででしょうね。あたしにはわかりません。昨夜《ゆうべ》、来られてこの書付を鳥羽さまに渡すよう頼まれただけですからね。そのとき、あたしにも礼を言ってくださいましたよ。『世話になった。おきののおかげで楽しい一時を味わえた』とね。ふふ、あの方に女を教えたのはあたしですからね。たぶん、あたしだけがあの方の女だったでしょう。あまりにお若かったですもの。他の女を知る暇なんか、なかったでしょうよ」

「しかし、瀬島が切腹したと、なぜ言い切れる。瀬島の口から聞いたのか」

「いいえ」

「では、そなたにわかるわけがなかろう」

妙に刺々しい口吻《こうふん》になっていた。できるなら、目の前の女を揺すり、嘘を吐くなと詰《なじ》りたい。

「あたしにはわかるんですよ、鳥羽さま。瀬島さまは昨夜、お別れにいらしたのです。あの方の眼は死を覚悟した人のものでした。ええ、わかります。こんな商いを続けていると、たいていのことはわかってしまうんですよ。自慢にはなりませんけどね」

「そ、それなら、なぜ止めなかった。死ぬなと止めればよかったではないか」

「ほほ、そんなことできるものですか。あたしにできるのは、一晩、夢を見させてあげることぐらいですよ。生きていなけりゃ味わえない快楽をこの身体で教えてあげる。それだけです」

おや、すっかり長居をしちまいましたね。

おきのは呟き、立ち上がった。会釈一つしないまま、小間を出て行く。

「鳥羽さん……」

背後で栄太が呼んだ。語尾が震えていた。


足音がする。

樫の木を背にして立っていた新吾は、おもむろに振り向いた。

兵馬之介は今日は袴《はかま》を着けていた。江戸小紋の白い小袖《こそで》が光を弾《はじ》いている。

「これはまた……、倅《せがれ》に呼び出されて来てみると、意外な方がおられる」

新吾の傍らに立つ佐久間平州を見やり、兵馬之介は笑みを浮かべた。平州は硬い表情のまま、横を向く。その後ろには、弘太郎と栄太が控えていた。

「鳥羽、これはどういうことだ。大事な話があるとこんなところに呼び出して……。お父上もお出《い》でになるとは聞いていなかったぞ。いったいどういうつもりで」

「瀬島が腹を切りました」

一言、告げる。

平州が顎を引いた。

「今日の早朝、腹を切って果てたようです。父上は、既にご存じでしょうか」

「……瀬島さまの御子息がお亡くなりになったとは聞いておる。急な病であったとか」

思わず笑っていた。

「なるほど、公には病死として届けられるわけですか。一人の男が病で亡くなった。それで一件落着、世は事もなし。まったく、反吐《へど》が出るほど醜悪な幕引きだ」

顔が歪《ゆが》む。兵馬之介の口の端も、歪《いびつ》な形になっていた。

「新吾、滅多なことを口にするでないぞ」

新吾は真正面から父を見詰める。いつの間にか、ほぼ同じ背丈になっていた。もう一月、二月経てば、追い越しているかもしれない。

この人は……。

ふっと想いがかすめた。

何を守ろうとしているのか。何をかけがえのないものとし、どのような生き方を貫こうとしているのか。瀬島孝之進の死をどう受け止めたのか。

かすめた想いはかすめたに過ぎず、頭を一振りする間に新吾の内から消えていった。

懐から、書状を取り出す。

おきのが渡してくれた、瀬島の手になる書状だ。新吾が瀬島から受け取った最初で最後の文でもあった。

不意に手のひらに痺《しび》れを感じた。瀬島の小手を受けたときの痺れだ。蝉時雨《しぐれ》の境内でこの身に感じたものだ。

おそらく一生、忘れることはできぬ、と思う。蝉の声を聞いたとき、稽古《けいこ》の竹刀を握ったとき、墨の匂いを嗅《か》いだとき、今のように唐突に、何の前触れもなく瀬島孝之進を思い出すだろう。

「これは遺書です」

低く掠《かす》れた声で、新吾は告げた。

「今日、これを瀬島の使者から受け取りました。ここに、全てが書かれています。瀬島は、あの日、阿部たちを止めようとここまで、この林までやってきた。しかし、間に合わず、栄太は血塗《ちまみ》れで倒れていました。それで、瀬島は鳥羽の家まで栄太を運ぼうとしたのです。そのとき、洞から落ちそうになっていた書状に気が付いた。あの日は、満月に近い夜でしたから、白い封書はくっきり見て取れたでしょう。とっさにそれを懐に入れ、栄太を鳥羽家まで連れてきた。裏口に置いて、戸を叩き、お豊が戸を開けるのを見定めて去ったのです。そして屋敷に帰って、懐の書状に気が付いた。瀬島は……読んだそうです。読まずに、そのまま捨てるか焼くかしていれば……腹など切らなくて済んだかもしれない。でも、瀬島は読んでしまった。そして、その中身に愕然《がくぜん》としたのです」

「止めろ！」

兵馬之介が叫んだ。

「それ以上、言うな。おまえの命にも関わるぞ」

「ええ、そうかもしれません。何人殺しても、もみ消さなければならない類《たぐい》の内容なのでしょう。でも、わたしたちはそれを知りません。瀬島はただ、知ってしまえばとうてい、このまま生きてはいけないものだったと、ただそれだけを認《したた》めています。父上。これをどうとればいいのですか。なぜ瀬島は腹を切らねばならなかったのか……。そのわけについて、瀬島はほとんど何も書き残していません。書き残せなかった。それはつまり、瀬島の父、ご中老に関わる秘事であったからではありませんか」

「おまえたち若造が首を突っ込むことではない。いいかげんにしろ」

「薫風館を探れとおっしゃったのは父上です」

傍らで平州が身じろぎした。

「勝手なことばかり言わないでいただきたい。学頭もそうです。栄太にご中老を追い落とすための書状を運ばせようなどとは、あまりに卑怯《ひきょう》です。敵の目を晦《くら》ますのに学生を使うなんて、あなたはそれでも薫風館の学頭ですか」

平州が低く唸った。

「仕方なかったのだ。瀬島中老が藩政の実権を握れば、薫風館は閉鎖になる。それは目に見えていた。瀬島中老はことごとくご家老と対峙《たいじ》し、薫風館をただ金を食うだけの余計物だと公言しておったのだ。どうしても、藩政から退《ひ》いてもらわねばならなかった。そのためには、どんなことでもするつもりだった」

「書状の中身はご存じだったのですか」

「おおむねは、な。しかし、おまえたちの前では言えぬ」

「今更、わたしたちへの心配りですか」

平州が項垂《うなだ》れた。栄太を見やり、「すまぬ」と呟く。栄太は俯《うつむ》いたまま、何も答えなかった。

「新吾、あの書状はどうした。おまえが持っているのか」

兵馬之介が一歩、前に出る。

「持っているなら出せ。おまえたちが所持していていいものではない」

いつもの落ち着き払った風情が一掃されている。大きく見開いた眼は赤く血走ってい

た。

「ありません。あれは……瀬島が彼岸に持っていきました」

「なに！」

「焼いたそうです。だから、ご安心なさるがいい。ご中老の命取りになる厄介な物は、この世から消え去りました。瀬島と一緒に……いや、瀬島が己の命と引き換えに消し去ったのです」

兵馬之介が大きく息を吸い込む。

「焼いた……」

掠れた声だった。人のものとは思えない。

「はい、瀬島は書状を焼き、わたし宛に遺書を認め、それをさる者に託しました。それから……腹を切ったのです。書状はなくなった。ご中老は破滅を免れました。しかし、同時にたった一人の息子を失った。どうなのでしょうか。それでもなお、政権の中枢に座り続けることに意味などあるのでしょうか」

兵馬之介は答えない。

「父上、これはわたしの勝手な推察に過ぎません。ですが、お聞きください」

父の目を見つめながら告げる。

「父上の後ろにおられる方は、庭田さまでも瀬島さまでもなく、江戸におわすご藩主なのではありませんか。ご藩主は藩政の刷新のために、父上に働くよう命じられた。だから、父上は役職を解かれたのです。組頭のままでは陰で動くのに不随意だからです」

そして、誰にも怪しまれず役目から退くために、巴を利用した。女のために家を捨てた男の汚名は、主命に従うための道具だったのではないか。

母はそんなことを考えてもいないだろう。しかし、巴は薄々と感付いているのではないか。感付きながら離れられなかった。

いつか、いつかきっと、この身の罪を償います。

あの一言の裏に、巴はどれほどの想いと決意を込めたのか。〝いつか〟は、もうすぐそこに来ているのかもしれない。

「父上、教えてください。わたしに薫風館を探れと命じられたわけを。わたしなどに、そんな真似ができるわけがないと、父上なら見抜いておられたでしょう。それなのに、あえて命じられた。それは、なぜです」

やはり答は返ってこない。

「学頭を脅かすためですか」

栄太がぼそりと呟いた。兵馬之介と平州が同時に息を呑み込んだ。

「鳥羽さんが、いや、鳥羽さんだけじゃないかもしれない。気配だけでよかったんです。学頭を疑い、薫風館を疑い、探索する者の気配を感じさせ、学頭を脅かす。そして、慌てさせる。鳥羽さまはそれを狙っておられたのではないですか」

「慌てた学頭は、瀬島さまを追い落とすための書状を手に入れようとした。つまり、鳥羽さまを瀬島さまの一派だと思い込んでいたわけか」

弘太郎が淡々と続けた。

「父上がそのように振る舞っていたからな、瀬島さまとてそう信じていたのではないか」

「その通りだ」

平州が答えた。講義のときのように響かない妙にくぐもった声だ。

「あの書状の中身については、わしも詳しくはわからん。ただ、表に出れば瀬島中老は破滅するに十分なものだと……。磯畑は言うておった」

「磯畑先生は、庭田さまの息のかかったお方だったのですか」

栄太の語尾が震える。

「……そうだ。町見家として江戸屋敷に出入りし、書状を手に入れた。しかし、あまりの内容に怯《おび》え、ずっと隠し持っていたのだ。わしは、それを帰郷の折に手渡すように命じた。磯畑はわしの教え子でもあった。瀬島中老が動き出し、薫風館を潰してしまう前に、この書状をもって、庭田さまに中老一派を一掃してもらうつもりだった」

「書状の受け渡しに栄太を利用したのは、学生を使えば怪しまれないと考えたからですね」

「……そうだ」

「しかし、瀬島中老たちは、それを知った。つまり、磯畑軍平という町見家がしゃべったからではありませんか」

正体がばれ、捕らえられ、口を割ったのだ。おそらく磯畑は生きてはいまい。

平州が、重く唸った。その口調が一変する。

「鳥羽どの。薫風館は、謀叛《むほん》人の巣窟などではございませんぞ。教授方の誰もが政《まつりごと》とは無縁の者たちです。山沖も伊納も野田村も全く関わりはない。そこだけはお信じくだされ」

強く言い放ち、深々と一礼する。

新吾は、ほとんど語らぬ父に半歩、近寄った。

「父上、もう一つだけお聞かせください。父上は、学頭を脅かすためにわたしを使われた。同じように、巴どのも利用されたのか」

あの駕籠《かご》だ。あの香だ。あれは巴が焚いたものではないのか。落合の屋敷で嗅《か》いだものと同じ香りがした。巴の実家は、薫風館と縁がある。巴がおとなう口実は、幾らでも作れるだろう。

父は巴にも、また、薫風館を探るよう命じたのではないか。巴は、男の意に添って動いた。そして、学頭を追い込む一端を担ったのだ。

「違いますか、父上」

やはり、何も返ってこない。

無言の父と息子の間を、風が分かつように吹き過ぎていった。

弘太郎が投げた小石が川面《かわも》に輪を描く。水音に驚いたのか、川辺で小魚を漁《あさ》っていた白鷺《しらさぎ》がふわりと飛び立った。

三月《みつき》が過ぎていた。

季節は秋のただ中、いや、冬のとば口に差し掛かっていた。昨夜から今朝にかけて急に冷え込んだせいか、山々の色づきがさらに鮮やかになった気がする。常緑の木々と紅葉の織り成す風景は、澄んだ光と相まって美し過ぎるほどに、美しい。

一月前、庭田家老が罷職した。十数年にわたり藩政を壟断《ろうだん》し、結果として財政の窮乏を招いた責めにより、家禄《かろく》半減の上の隠居を申し渡されたのだ。藩内随一の威を誇っていた重臣の事実上の失脚は、藩内に大きな動揺をもたらした。藩主沖永久勝は藩政刷新を謳《うた》い、執政の半分以上をその座から外した。ほとんどが、庭田家老の息のかかった者、あるいはそう見なされた者たちだった。

ただ、致仕した執政の中に中老瀬島主税之介の名があったことは、重臣、上士のみならず下士や軽輩にも相当の驚きをもって受け止められた。

病により重責を果たせず。

それを事由として瀬島中老は退身したが、首を傾げる者は大勢いた。瀬島家は門を固く閉ざし、人そのものを拒むが如く静まり返っている。

兵馬之介が鳥羽家を訪れることも、新吾が落合町の屋敷に出向くこともなくなった。もしやと思ったけれど、兵馬之介が新たな執政陣に加わる気配もない。

佐久間平州が間もなく学頭を辞するという噂は、新吾たちの耳にも届いている。真偽のほどはわからない。

阿部たちを殺した下手人はまだ見つかっていない。きっと、見つからぬままなのだろう。庭田家老の手の者だったのか、瀬島中老の家臣だったのか、どちらにしても二人とも政の舞台から消え去った。巴がどうしているのか、その動静は僅《わず》かも伝わってこない。父は巴を利用しただけだったのか。己の正体を隠す蓑《みの》として使ったのか、平州を揺さぶる手駒としたのか。本当にそれだけだったのかそれも測《はか》れない。測れないことだらけだ。

「結局、何が変わったのかな」

「何が変わったのか……。さあな。おれたちには見当もつかんな」

新吾も石を投げてみる。川土手に座ったままの体勢ではさほど遠くには飛ばない。弘太郎より二尺近く手前に落ちて、小さな波紋を作っただけだった。

「別に見当をつけたいとも思わないがな」

「新吾」

「うん？」

「例の書状の詳しい中身、おまえ、本当に知らなかったのか」

「知らん。瀬島は何も認めてなかった」

「そうか……。あいつ、全部、己一人の胸に納めて逝きたかったのだな」

「苦しかったでしょうね」

栄太が呟く。

「父親の秘密を知り、知ったが故に死なねばならなかった。それを誰にも一言も話せぬままにです」

陽光を受け水面《みなも》には無数の光の粒が煌めく。弘太郎が目を細めた。

「その秘密ってのは、いったいどういうものだったのか。そっちの見当はどうだ？」

新吾はゆっくりとかぶりを振った。

「わからん、ただ」

「ただ？」

「瀬島は命を捨てて父親を正そうとしたのではないか。武士の、いや、人の道に外れた行いを一命を懸けて諫《いさ》めた。そうでなければ、あんな最期を選ぶはずがない……という気はする」

「人の道に外れる行いとは、すなわち、どういう事柄だ」

「だから、わからんのだ。何一つ、わからん」

新吾は大きく息を吸った。

もしやと考える。

もしや、藩主暗殺を企てたのは庭田家老ではなく、瀬島中老ではなかったのか。もしや、本来の目途は山城守を亡き者にすることではなく、庭田家老にその罪を被《かぶ》せ、冤《しえた》ぐることにあったのではないか。あの書状には、その証《あかし》が記されていたのではないか。

もしや、もしや、もしや……全て推し量っただけだ。何一つ、確かなものはない。

すまなかったと、瀬島は詫びていた。

栄太というおまえの仲間をあんな目に遭わせたのは、おれだ。あの日、おまえは笑っていただろう。阿部たちが絡む直前だ。実に生き生きと笑っていた。あのとき、おれは悟ったのだ。鳥羽はついに自分の居るべき場所を手に入れたのだと。

正直、妬《ねた》ましかった、羨ましかった。おまえにもおまえの仲間たちにも苛立《いらだ》ちを覚えたのだ。阿部たちはおれの心の内を読んだのだ。言葉にはしなかった苛立ちを読み取った。そして、おれの意に適《かな》うべく、栄太を襲った。

今更、詫びてどうなるものでもないが、すまなかった。栄太にそう、伝えてくれ。すまなかった。

すまなかった。その一文を読んだとたん涙が溢《あふ》れた。文字がぼやけて、最後まで読み通せなかった。今でも、眼の奥が熱くなる。

馬鹿野郎。詫びるなら自分の口で、ちゃんと詫びろ。おれたちに向かい合って、頭を下げろ。遺書なんかに認めやがって……もう、返答ができぬではないか。赦《ゆる》すことさえできぬではないか。おれたちは、どうすればいいんだ、瀬島。

「他に手立てはなかったのでしょうか」

栄太が草の葉先をちぎった。

「生きてどうにかする術《すべ》を、瀬島さんは本気で思案なさらなかったのでしょうか。わたしにはわかりません。お武家さまは、どうしていつもいつも、容易《たやす》く死を選ぶのか。死ぬことで全てをお仕舞にしてしまうのか……」

「生きて、思案するか」

呟いてみる。舌の先が微かに疼《うず》く。

「自分を殺さなくても、他人を殺さなくてもすむ道があるはずです。必ず、あるはずです」

「そうだ、必ずある。なければ作ればいい」

新吾の言葉に、栄太が息を呑んだ。

「なければ作る、ですか」

「そうだ。作るんだ」

新吾は立ち上がる。

この世には知りようがないものが、見当のつかないことが多すぎる。それでも、わかっている。

人が生きる道を作るために、学んでいるのだと。そのために、薫風館で学んでいるのだと。

風が吹いてくる。吹き過ぎた方向に、薫風館はある。

小高い丘の上に建ち、学生たちを待っている。

おれたちは生きている。生きていく。生きて学び続ける。

「行こう」

二人の友を促す。

「あっ」

弘太郎が叫んだ。

「どうした」

「詩文の朗読、内習しを忘れていた」

「そりゃあ大事だ。山沖先生にこってり搾られるな、お気の毒に」

「新吾、おまえ薄笑いを浮かべたな。くそっ。栄太、何とか助けてくれ」

「そうは言われても、間宮さんに代わって朗読するわけにもいかないし。覚悟を決めた方がいいですよ」

「何だ、そろいもそろって薄情なやつらだ」

弘太郎がむくれ顔になる。

栄太が、続いて新吾が笑い声を上げた。

若く張りのある声は絡まり合いながら、空に響く。

一羽の鳶《とび》が輪を描く空と地との間に、一陣の風が走り抜けた。

解説

大《おお》矢《や》博《ひろ》子《こ》（書評家）

もはや、あさのあつこのお家芸と言っていいだろう。少年たちの成長を描く青春時代小説の新シリーズである。

主人公は鳥羽《とば》新吾《しんご》。石久《いしく》藩の学び舎《や》・薫風館《くんぷうかん》に通う少年だ。以前は上士の子らが通う藩学の生徒だったが、家格ですべての序列が決まってしまう息苦しさに耐えかねた新吾は、母の反対を押し切って、身分に関わりなく門戸を開いている薫風館に移る。今では、庶民の子も大勢通う自由で伸びやかなこの学び舎がすっかり気に入っている。

普請方の嫡男で豪放磊落《らいらく》・明朗闊達《かったつ》な間《ま》宮弘太《みやこうた》郎《ろう》と、貧農の息子ではあるが村を豊かにするため町見家《ちょうけんか》を目指して勉強する聡明《そうめい》な栄太《えいた》という親友もでき、新吾は青春を謳歌《おうか》していた。

ところがある日、妾宅《しょうたく》にいた父が久しぶりに帰宅したかと思うと、いきなり新吾に「間者となり薫風館を探れ」と告げた。薫風館の内に主君暗殺の陰謀があるというのだ。さらに栄太が暴行され、生死の淵《ふち》をさまよう重傷を負う。こちらはかつて新吾を敵視していた藩学の連中の仕業に違いない。

相次ぐ出来事に混乱する新吾は、この事態をどう乗り切るのか——。

ああ、うまいなあ。

あさのあつこの描く〈少年の日々〉は、本当にいい。彼らの幸せを願わずにはいられないような、まっすぐな少年を描くのがあさのあつこは実にうまい。

他にも『火群《ほむら》のごとく』『燦《さん》』（ともに文春文庫）、『天を灼《や》く』（祥伝社）など〈幼馴染《おさななじみ》の三人〉を対比させながらその友情と成長を描いた著作が幾つかあるが、タイプは違えど、どれもまっすぐに伸びようとする若者の姿がとても気持ちいい。と同時に、その少年たちが大人になる過程でぶつかる壁の存在と、それを乗り越えることの困難を知ることも共通している。

本書の主眼もそこにある。本書で新吾たちがぶつかるのは、生まれたときから将来が決まっている〈身分〉という枠の存在だ。だが身分制度そのものについての話ではないことに注目。あさのあつこが本書で描こうとしたのは身分間の対立ではなく、身分という大人が作った社会システムに少年が翻弄《ほんろう》される様子であり、システムの問題点に〈気づく〉だけの知性を育《はぐく》まねばならないという点にある。

身分が低くても能力があり真面目に励んでいる栄太はとてもわかりやすいアイコンだが、家格の高い家に生まれた少年もまた、その身分に縛られているということが本書にはきちんと描かれる。むしろそちらの方が印象深い。

押し付けられたシステムの中で少年たちは足掻《あが》く。大人の思惑で振り回され、政治の都合で利用され、無力を自覚しながら自分の進む道を模索する少年たちの姿が切ない。人と人が傷つけ合うほど醜い姿はない、という栄太。栄太の仇《かたき》を討つのは簡単だが、それでは何も変わらないと考える新吾。

そして彼らは、システムは変えられなくても、気づいて学べば人は変われるという真理に到達するのだ。

実はこの物語、単行本ではプロローグとエピローグに現代の高校野球の場面が描かれていた。子どもは大人の思惑や政治の都合で作られたシステムに否応《いやおう》なく飲み込まれる。それは今も昔も変わらない。その象徴のひとつが、もはや部活動の範疇《はんちゅう》を超えた今の高校野球のシステムだ。

子どもたちが楽しめなくなるような社会であってはいけない。子どもたちが伸びやかに成長できるような社会でなくてはならない。三百年前の青春と現代の高校野球をつなげることで、そこに気づいているかと、この物語は大人たちに告げていたのである。文庫化でそのくだりはなくなったが、とても示唆に富んだ構成だったと思う。興味のある方は是非単行本も手にとってみていただきたい。

それだけヘヴィなテーマを内包しつつ、読み心地のいい爽やかな成長物語に作り上げたのは、著者の手柄だ。まさに薫風のごとき物語である。

さて、物語は本書で一応の完結を見るが、まだ解明されずに残っている問題があることにお気づきだろうか。新吾の父親のことだ。何やら秘密がありそうな気配だが、それはまもなく刊行（二〇一九年七月）予定の続編『烈風ただなか』で明らかになる。しかもこれがかなり驚きの真相で、私は思わず「ええっ？」と声を出してしまった。

続編の舞台は本書から二年後だ。弘太郎と栄太に転機が訪れたり、鳥羽家にも新たな出来事が降りかかったり、果ては殺人事件まで起きる。その中で新吾たちはふたたび、大人たちの作った勝手なシステムに振り回されることになる。

その顚末《てんまつ》はぜひ続編で確かめられたいが、ひとつだけ。本書のテーマでもあった、少年たちが大人になるときにぶつかる壁の存在が、続編でも変わらず彼らの上にのしかかる。そのとき、新吾が考えた言葉をここに引いておきたい。


人の世は綺麗《きれい》ごとでは片付かない。

しかし、汚濁ばかりであるわけでもないのだ。


なんと力強く、なんと励まされる言葉だろう。背筋が伸びる思いだ。これはあさのあつこのあらゆる時代小説に共通して描かれるメッセージと言っていい。もちろん、本書にもこのメッセージは込められている。

辛《つら》いこと、醜いこと、やるせないことに多々出会いながらも、その中で少年たちは、いや、私たちは、能《あた》う限りの信念を持って道を切り開いていく。そうありたいと、そうできるはずだと、この物語は読者の背中を強く押してくれるのである。

この解説は「本の旅人」二〇一七年七月号に掲載した書評を、加筆修正したものです。

本書は、二〇一七年六月に小社より刊行された
単行本を修正のうえ、文庫化したものです。

薫風《くんぷう》ただなか

あさのあつこ

令和元年 6月25日 初版発行
令和6年 10月25日 9版発行

発行者●山下直久

発行●株式会社KADOKAWA
〒102-8177 東京都千代田区富士見2-13-3
電話 0570-002-301(ナビダイヤル)

角川文庫 21671

印刷所●株式会社KADOKAWA
製本所●株式会社KADOKAWA

表紙画●和田三造

●お問い合わせ
https://www.kadokawa.co.jp/ (「お問い合わせ」へお進みください)
※内容によっては、お答えできない場合があります。
※サポートは日本国内のみとさせていただきます。
※Japanese text only

ISBN 978-4-04-108174-7 C0193

角川文庫発刊に際して

角川源義

第二次世界大戦の敗北は、軍事力の敗北であった以上に、私たちの若い文化力の敗退であった。私たちの文化が戦争に対して如何に無力であり、単なるあだ花に過ぎなかったかを、私たちは身を以て体験し痛感した。西洋近代文化の摂取にとって、明治以後八十年の歳月は決して短かすぎたとは言えない。にもかかわらず、近代文化の伝統を確立し、自由な批判と柔軟な良識に富む文化層として自らを形成することに私たちは失敗して来た。そしてこれは、各層への文化の普及滲透を任務とする出版人の責任でもあった。

一九四五年以来、私たちは再び振出しに戻り、第一歩から踏み出すことを余儀なくされた。これは大きな不幸ではあるが、反面、これまでの混沌・未熟・歪曲の中にあった我が国の文化に秩序と確たる基礎を齎らすためには絶好の機会でもある。角川書店は、このような祖国の文化的危機にあたり、微力をも顧みず再建の礎石たるべき抱負と決意とをもって出発したが、ここに創立以来の念願を果すべく角川文庫を発刊する。これまで刊行されたあらゆる全集叢書文庫類の長所と短所とを検討し、古今東西の不朽の典籍を、良心的編集のもとに、廉価に、そして書架にふさわしい美本として、多くのひとびとに提供しようとする。しかし私たちは徒らに百科全書的な知識のジレッタントを作ることを目的とせず、あくまで祖国の文化に秩序と再建への道を示し、この文庫を角川書店の栄ある事業として、今後永久に継続発展せしめ、学芸と教養との殿堂として大成せんことを期したい。多くの読書子の愛情ある忠言と支持とによって、この希望と抱負とを完遂せしめられんことを願う。

一九四九年五月三日